Opening

이 책이
당신의 삶에 향기를 더해주고
당신의 마음을 평온하게 만들어준다면
나는
내 마음속에 당신을 담을 수 있습니다.

______ 님께 이 마음을 전합니다.

그리움
떨림
깨달음

내 안에 살고 있는 당신은 나의 메마른 영혼을 적셔주는 우물입니다.

그 우물이 나의 영혼을 성장시키고 있습니다.

인생에는 필연적으로 겪어야 하는 상실감이 있습니다만
인생의 상실을 완전히 이해할 수 있어야
우리는 세상으로부터 벗어나 조용하고 예민한 마음으로
삶이 주는 귀중한 선물에 다시금 감사하게 될 것입니다.

우리의 삶은 지금 이대로 사라지는 것이 아닙니다.
우리 사랑의 향기가 오랫동안 시간 속에 함께 할 것이기 때문입니다.
우리는 아름다운 인생을 살았던 사람의 여정을 따라가면서
은은한 삶의 향기를 맡을 수 있습니다. 행복의 비밀 가운데 하나는
지금 있는 그대로의 내 모습을 좋아하고 사랑하는 것입니다.
그리고 사물의 옳고 그름을 선택할 수 있는 힘의 원천이
바로 나에게 있다는 사실을 깨닫는 일입니다.
나를 알고 그대로 받아들인다는 것은 매우 중요한 일입니다.

우리의 가장 고귀한 행복은

바로 나 자신의 인격에 만족을 느끼는 일입니다.

나를 믿을 수 있다는 것, 그것은 가장 커다란 축복입니다.

우리들의 사랑을 만드는 세 가지 느낌

그리움
보고 싶어 애타는 마음

떨림
작은 폭으로 빠르게 흔들리는 마음

깨달음
생각에 잠겨 있다 문득 알게 되는 것

카렌 테레사 지음 — 박해림 옮김

밀리언셀러
million seller

Prologue

내 안에 살고 있는 사랑

나의 삶, 내 생명의 시간에 가장 어려웠던 것은 아마 사랑이 모습을 드러내는 순간이었을 것입니다. 사랑을 나누고 이어나가는 그 모든 과정들이 나를 힘겹게 만들었습니다.

나는 사랑에 빠지기를 원하고 있었습니다. 그리고 만약 사랑을 하게 된다면, 지극한 행복과 영원한 평화가 찾아올 것이라고 믿었습니다.

그래, 나는 비극과 아무런 상관이 없어. 사랑의 노래가 들리고 있잖아.

하지만 이런 믿음이 얼마나 어리석은 것이었는지 모릅니다. 나는 언제나 사랑을 원하고 있었습니다. 나는 버림을 받게 될지도 모른다는 두려움에서 벗어날 수가 없었습니다. 내가 결코 사랑스러운 사람이 아니라는 사실을 잘 알고 있었기 때문입니다. 내 삶의 흔적에는 버림이라는 상처가 많이 남아 있습니다.

이 세상은 거대한 사랑입니다. 우리는 모두 완전한 사랑의 일부분인 것입니다. 그러나 우리는 사랑의 힘을 깨닫지 못하고 있었습니다. 우리는 서로에게 사랑을 요구하고 있었던 것입니다.

진정한 사랑이 나의 곁에 머물고 있다는 사실을 알게 되기까지 나는 사랑을 찾기 위해, 연인과 돈을 구하기 위해 노력하고 있었습니다. 세상의 바다에서 표류하고 있었던 것입니다.

그 시절에 대한 기억은 지금도 나의 삶에 많은 영향을

미치고 있습니다. 과거의 힘겨운 시절이 나를 더욱 성숙하게 만들어주었던 것입니다.

지금, 나는 사랑받고 있다는 사실을 알고 있습니다. 심지어 내가 고통을 느끼는 순간까지도…….

우리는 모두 동일한 삶의 고통을 겪고 있습니다. 그렇기 때문에 나는 '그리움 떨림 깨달음'을 쓰게 되었습니다. 내 안에 살고 있는 너의 실체를 발견하고 사랑의 갈증을 풀 수 있기를 기대하는 것입니다. 더불어 살아가는 인생의 동반자들에게, 상처 받는 것을 두려워하지 않는 용기를 주고 싶었습니다.

지금까지 살아오는 동안 나는 몇 번의 위기를 맞이하게 되었습니다. 그럴 때마다 지혜로운 조언과 친구의 도움으로 어려움을 극복할 수 있었습니다. 이 책을 읽으면서 당신이 추구하던 것을 조금이나마 발견하기를 바랍니다.

사랑을 찾으려고 노력할수록 우리의 시야가 더욱 흐려진다는 것은 커다란 모순입니다. 내가 바로 사랑이라는 사실을 받아들일 때, 비로소 사랑이 우리에게 다가와 손을 내밀고 있을 것입니다. 사랑이 나를 감싸고 있습니다. 세상이, 나를…….

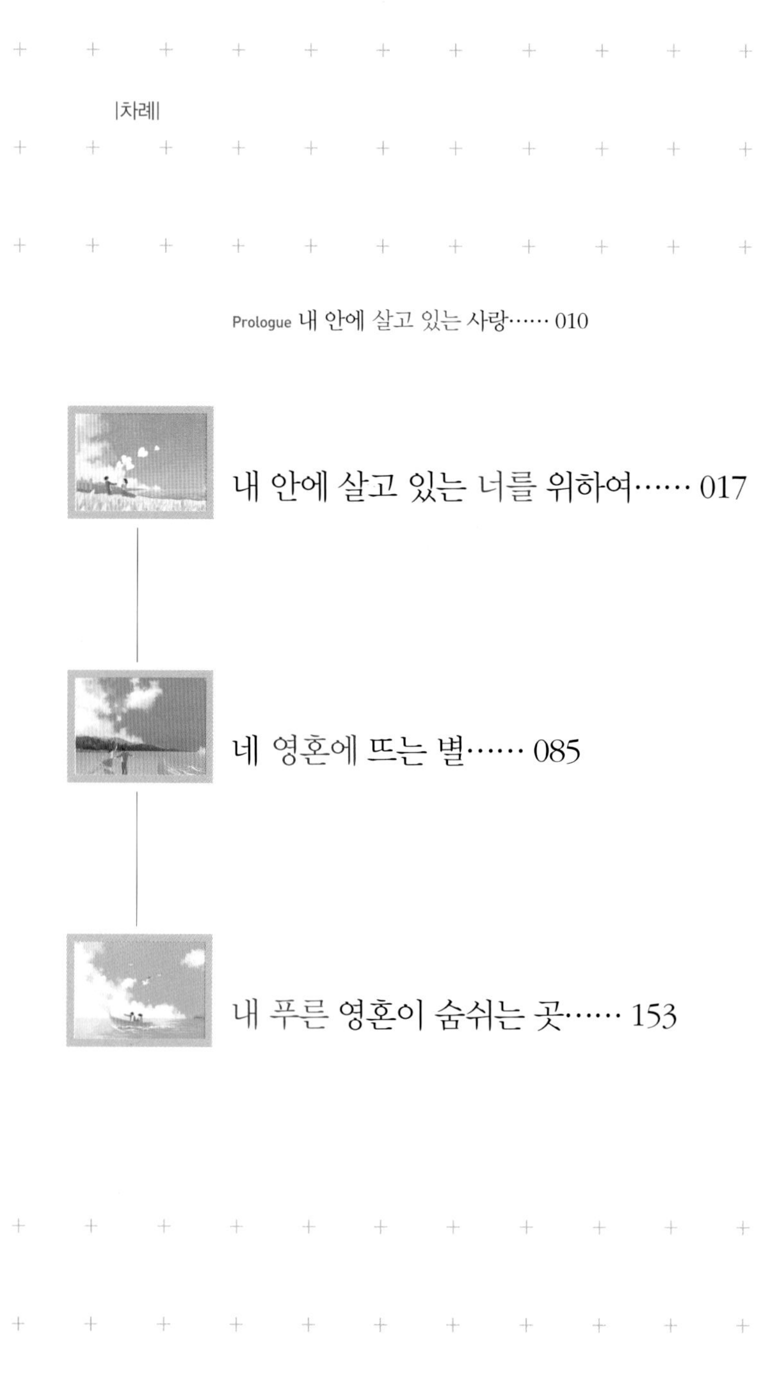

|차례|

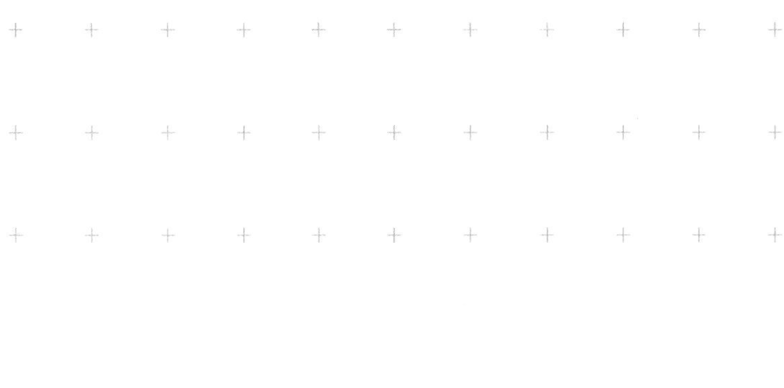

누군가를 사랑하는 일은 우리 사이에 벌어진 간격을 좁혀주고 있습니다.

사랑은 또 다른 세계로 우리를 인도하면서 우리의 세계를 더욱 풍성하게 만드는 것입니다.

사랑은 모든 것을 평등하게 만들고 있습니다.

사랑이 없으면,

아무리 많은 사람들과 어울린다고 하더라도 허전한 외로움을 느끼게 됩니다.

모든 사람들로부터 잊혀진 하찮은 존재라는 느낌이 드는 것입니다.

우리 모두는 소외를 느꼈던 순간을 회상할 수 있을 것입니다.

우리는 누군가에게 손을 내밀어서 우리의 사랑을 전달해야만 합니다.

그것만이 우리를 하나로 만드는 길입니다.

내 안에 살고 있는 너를 위하여

내 안에 살고 있는 너를 위하여 1

만약 다른 사람의 사랑을 받으려고 기대한다면
그 소망은 결코 이루어질 수 없을 것이다
우리는 다른 사람을 순수하게 사랑하는 것이 아니라,
다른 사람의 사랑에 의존적이 되거나
그렇지 않으면 그 사랑을 잡으려고 노력할 것이다

사랑을 주면 사랑을 받습니다. 여기에는 달리 덧붙여지는 단서도 없습니다. 사랑을 놓고 흥정하는 것은 우리를 실망시키게 됩니다.

어떤 것을 놓고 흥정을 할 경우, 그것의 가치보다 적은 값을 치르고 싶어하는 것이 인간의 타고난 본성이기 때문입니다. 인간관계에서 이러한 본성을 드러낸다면, 우리는 서로를 기만하게 될 것입니다.

우리 가운데 어느 누구도 사랑의 필요성으로부터 자유로울 수 없습니다. 그리고 대개의 사람들은 자신의 인생에 중요한 사람들로부터 끊임없이 사랑을 재확인받고 싶

어합니다.

하지만 그러한 갈망은 마침내 우리가 우리 자신을 사랑하게 될 때까지 결코 끝나지 않을 것입니다. 자신에 대한 사랑은 우리가 자신의 진정한 가치를 이해할 때 더 분명해지는 것입니다. 우리 모두에게 영향을 미치는 커다란 사건의 구도 속에서 자신이 지니고 있는 구체적인 필요성을 다시 확인하는 것입니다.

사랑, 나는 사랑으로 숨을 쉬면서 살아갑니다.

단 한 번이라도 누군가를 사랑할 수 있다면, 나의 인생은 헛되지 않을 것입니다.

사랑의 마음 없이는
어떠한 본질도 진리도 파악할 수 없다
사람은 오직 사랑의 따스한 정으로
우주의 진리에 접근할 수 있다
사랑의 마음은 모든 것을 포용하는 힘이 있다
사랑은 인간 생활의 최후의 진리이자 본질이다

우리가 자신의 가치를 진정으로 깨닫게 되고, 인생의 신비로운 일들이 저마다의 이유를 가지고 있음을 알게 될 때, 우리는 더 이상 스스로에 대해 의문을 품지 않을 것입니다. 또한 자유로이 사랑하게 된다면, 다른 사람의 가치도 이해하게 될 것입니다.

우리를 둘러싸고 있는 인생의 진정한 의미를 깨닫게 될 때, 비로소 우리가 사랑을 움켜쥐어야 할 필요성도 없어지는 것입니다.

사랑은 우리가 깨닫지 못하고 있는 사이에 이 사회를

가득 채우고 있을 것입니다. 물론 사랑이 우리의 주위에서 떠난 시간도 있을 것입니다. 하지만 사랑이 스스로 떠나는 경우는 없습니다. 우리의 무관심과 방치 때문에 사랑이 떠나가는 것입니다.

사랑은 다른 모든 경우처럼 멈추지 않는 노력과 관심이 있어야 합니다.

나는 누군가를 깊이 사랑할 것입니다. 그리고 나의 인생에서 그 사람이 지닌 의미를 이해하기 위하여 노력할 것입니다.

날마다 미소를 머금고 있는 얼굴로 일어나야 한다
그리고 당신의 가슴속에 담긴 사랑을
온 세상에 나누어주어야 한다
모든 사람들이 당신을 더욱 사랑하게 될 것이다
당신도 더욱 아름다운 자신의 모습을 느끼게 될 것이다

'그런 것처럼' 행동하도록 하십시오. 비록 어색하게 느껴지더라도 당신이 되고 싶은 사람처럼 행동하는 도중에, 신비한 마법이 일어나는 것입니다. 행동이 우리의 앞길을 열어줄 것입니다. 자연스러운 태도와 마음가짐은 저절로 따라오게 됩니다.

우리는 항상 가족과 친구와 동료에 대한 사랑을 마음에 품고 아침을 맞이합니다. 그리고 그들이 먼저 우리에게 사랑을 표현하기를 기다리고 있습니다.

하지만 우리가 조건없는 사랑을 베풀고 다른 사람들의 어려움에 관심을 기울인다면, 그보다 열 배나 커다란 사랑이 돌아올 것입니다. 사랑의 행동은 우리의 영혼을 더욱 풍성하게 가꾸어 줍니다.

우리는 사랑을 알게 될 것입니다. 그리고 다른 사람들과 맺어진 일체감을 느끼게 될 것입니다.

사랑이나 이기심, 열등감이나 우월감 어느 것이든지 우리의 태도는 인생에서 일어나는 사건들이 어떤 결과를 가져오게 될 것인지 결정하게 됩니다.

삶의 원리는 너무나 단순합니다. 사랑과 웃음으로 인생을 맞이할 때 사랑과 웃음만을 발견하게 된다는 것입니다.

나의 태도가 오늘 하루의 가치를 결정할 것입니다. 사랑으로 하루를 시작하면, 모든 시간이 사랑의 향기로 가득 찰 것입니다.

내 안에 살고 있는 너를 위하여 4

기도의 경우처럼 사랑은 성장이며 정신적인 힘이다
사랑은 치료할 뿐만 아니라 창조하는 것이다

사랑의 표현은 우리의 마음을 부드럽게 만들어줍니다. 그리고 연인 사이에 통로를 열어주고 있습니다. 사랑은 멀어진 사이를 가깝게 하며 친밀한 반응을 불러일으키는 것입니다.

부드러운 미소나 다정한 접촉, 혹은 간절한 기도를 통하여 사랑을 표현하는 것은 감미로운 일입니다. 우리는 사랑을 통하여 내가 지금도 살아 있다는 생생한 감각을 느낄 수 있습니다. 또 오랫동안 잊고 있었던 감정을 새롭게 느끼면서, 우리가 소홀한 대접을 받고 있지 않다는 사실을 확신하게 됩니다.

사랑의 말들은 우리를 격려하고, 우리가 지닌 최고의 장점들을 일깨워 줍니다. 새로운 마음으로 앞날을 설계하고 미지의 신비를 알아내기 위한 노력을 기울일 수 있

도록 사랑의 말들은 우리에게 진정한 꿈과 희망과 용기를 주고 있습니다.

우리가 누군가와 함께 정다움을 나눌 때, 우리는 마음에서 우러나오는 진정한 기쁨을 얻게 되고, 따스한 빛이 우리를 감싸 주는 것을 느끼며, 우리 자신에게서 놀라울 정도로 강인한 용기를 발견하게 됩니다.

사랑이 떨고 있습니다. 그것은 추위 때문이 아니라, 우리의 마음을 지배하고 있는 증오와 분노 때문입니다. 지금은 무엇보다도 먼저 서로에 대한 이해가 필요한 시간입니다.

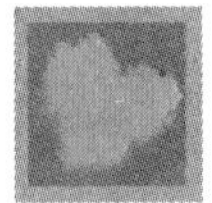

내 안에 살고 있는 너를 위하여 5

우리는 더욱 깊이 사랑하는 방법을 알고 있다
그렇기 때문에 고통도 죽음도
우리의 영혼을 위협하지 못한다

내가 누군가의 사랑을 받고 있다는 깨달음은 두려움 때문에 망설이던 일을 할 수 있도록 도와줍니다. 사랑은 우리가 용기를 내어 앞으로 나갈 수 있도록 격려하는 것입니다. 만약 실패한다고 하더라도 의지할 수 있는 누군가가 있다는 사실을 잘 알기 때문입니다.

서로 사랑을 주고받는 것은, 힘에 버겁고 어려운 나날들을 쉽게 이겨나가도록 만들 수 있습니다. 비바람이 몰아치고 천둥 번개가 번쩍거리는 날에도, 사랑하는 사람과 함께 있으면 결코 무섭게 느껴지지 않습니다.

사랑은 병든 곳을 치료합니다. 사랑을 받을 때 혹은 사랑을 베풀 때, 그 언제든지 우리는 용기와 힘을 얻게 됩니다. 사랑받고 있다는 생각은 우리의 존재를 특별한 것으

로 만들기 때문입니다.

우리는 친구에게 특별한 존재라는 사실을 알려주면서 그들의 용기를 북돋아 줄 필요가 있습니다.

나는 나의 사랑을 표현할 것입니다. 그리고 사랑하는 사람들에게 내가 진정 그들을 필요로 하고 있다는 사실을 확신시켜 줄 것입니다. 그래서 우리는 다 함께 새로운 삶을 향해 나아갈 것입니다.

내 안에 살고 있는 너를 위하여 6

사랑은 얻는 것이 아니라 주는 것이다
사랑은 희생이다
그리고 희생은 고귀한 것이다

얼마나 쉽게 우리는 사랑과 관심을 혼동하고 있는지 모릅니다.

그보다 더욱 쉽게 우리는 누군가를 마음대로 지배하는 것이 사랑이라고 생각하는 오류에 빠져들고 있습니다. 하지만 사랑은 관심이나 지배가 아닙니다. 그것과는 전혀 다른 것입니다.

사랑은 우리의 손아귀로부터 다른 사람을 자유롭게 놓아주는 것입니다. 그들을 그들만의 세계로 돌려보내 주는 것입니다.

사랑은 자신을 포기하지만, 그와 동시에 우리 자신을 더욱 향상시키는 것입니다.

사랑을 베푸는 행동은 우리의 모난 부분을 다듬어주면

서 우리를 완성시키게 됩니다. 그리고 우리가 운명을 함께 할 사람들과 인연을 맺어주는 것입니다.

사랑, 그 끝없는 아름다움을 위한 꿈…….

나는 진정한 사랑이 자유에서 태어난다는 사실을 알게 되었습니다. 내 사랑은 언제나 자유로울 것입니다.

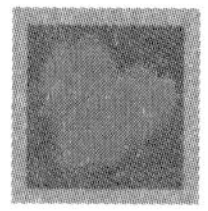

아무리 넓은 공간이라고 하더라도
설사 그것이 하늘과 땅 사이라고 하더라도
우리는 사랑의 힘으로 가득 채울 수 있다

사랑을 기다리는 것은 우리의 자연스러운 욕망입니다. 우리는 그것을 부인할 수 없습니다. 사랑을 얻는 것보다 사랑을 주는 일에 더욱 관심을 둔다면, 마침내 사랑이 찾아올 것입니다.

아무런 조건에 얽매이지 않고 서로를 순수하게 사랑할 수 있을 때, 우리는 완전한 기쁨을 얻을 수 있습니다. 그러나 우리는 그런 기회를 거의 잡으려고 하지 않습니다.

누군가에게 사랑을 나누어줄 때 우리도 역시 그들로부터 사랑받기를 원하고 있습니다.

상처입기 쉬운 내면 속에 잠재워진 자아는, 우리를 괴롭히면서 다가오는 교활한 몸짓이나 덧없는 사랑의 말들에 의해 잠깐 동안은 손상되지 않는 채로 남겨질 수 있습

니다. 그러나 사랑을 흥정하거나 조건을 내세울 때 나타나는 것은 유희일 따름입니다. 이런 것에 젖어들면 사랑은 결코 우리 앞에 나타나지 않습니다.

관대하고 성실하게 사랑을 베풀 때 사랑은 초대를 받는 것입니다. 또 다른 사랑의 초대장은 바로 나 자신을 사랑하는 것이라고 할 수 있습니다. 여러 해 동안이나 우리를 괴롭히던 자기 혐오는 마침내 사라지게 될 것입니다.

우리가 스스로의 자아를 돌보지 않고 아무런 조건 없이 그 누군가의 자아를 사랑하지 않는 한, 참된 사랑은 영원히 우리 앞에 나타나지 않을 것입니다.

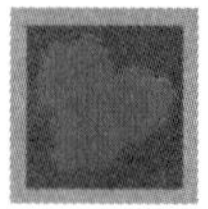

내 안에 살고 있는 너를 위하여 8

불이 빛의 모체가 되는 것처럼
사랑은 언제나 평화의 모체가 된다

참된 사랑의 모습이 어디에 있는지, 그것을 알고 있는 사람은 없습니다. 그러나 우리가 자신에게 정직해질 수 있도록 노력한다면, 그리고 우리를 사랑하는 사람에게 자신의 내면을 열어 보이도록 한다면, 우리에게 다가오는 믿음과 사랑을 알 수 있을 것입니다. 우리는 이 사실을 가슴으로 받아들일 수 있어야 합니다.

우리가 가끔씩 느끼는 공허함은 우리가 살아가는 세상 속에서 다른 사람들 또한 우리의 관심을 필요로 한다는 것을 일깨워 줍니다.

너무 자기 중심적일 때 우리는 외로움을 느끼게 되고, 우리 빈가슴을 채워줄 누군가를 절실히 원하게 되는 것입니다. 우리 인생의 한가운데에서 누군가를 운명적으로 만나 그들에게 사랑을 베풀어줄 때 우리의 상처가 치유

된다고 하는 것은, 참으로 역설적인 일이라고 할 수 있습니다.

사랑은 우리 자신과 우리가 사랑하는 사람들에게 생기를 불어넣어 줍니다. 사랑은 우리의 길을 밝혀주면서 우리의 짐을 가볍게 하고, 우리의 잠재력을 실현시켜 줄 것입니다.

나는 사랑을 구하지 않을 것입니다. 단지 사랑을 나누어 줄 것입니다. 그렇게 하면 열 배의 축복이 나에게 돌아올 것입니다.

사랑받는 여자는 항상 성공한다

사랑을 받고 있다는 인식은 외부 세계와의 결속감을 단단하게 만들어줍니다. 또한 우리가 더욱 커다란 세계의 일원이라는 확신을 안겨줄 수 있습니다.

우리 모두는 자신이 중요한 존재라는 사실을, 이 세상에 커다란 공헌을 하고 있다는 사실을 확신할 필요가 있습니다.

그럼에도 불구하고 우리는 가끔씩 사랑받지 못하고 있다는 생각을 합니다.

그리고 사랑을 갈망합니다. 심지어 사랑을 구걸하기도 하지만, 사랑을 받는다는 느낌은 여전히 가질 수 없습니다. 그것은 사랑을 추구하는 데 너무나 자기 중심적이었기 때문일 것입니다.

다른 사람들에게 사랑의 따스한 빛을 아낌없이 나누어 줄 때, 우리는 신비롭게도 그 사랑의 빛이 우리에게 되돌

아오는 것을 느낄 수 있습니다. 인생의 또 다른 경이로움이고 사랑만이 갖는 신비입니다.

사랑 앞에서, 우리의 미래를 가로막고 있는 어려움은 아무런 문제도 되지 않습니다.

내 안에 살고 있는 너를 위하여 10

주는 것은 받는 것보다 행복하다
사랑하는 것은 사랑받는 것보다 아름다우며
사람을 행복하게 한다

사랑이 이룩하는 기적은 여러 가지입니다. 상처를 치료하면서, 사랑하는 사람이나 사랑받는 사람 모두를 성장시키고 있습니다.

다른 사람을 사랑하기 위해서는 먼저 자신을 사랑해야 한다는 말을 우리는 헤아릴 수도 없이 들어왔습니다. 그런데 우리는 그 말의 참뜻을 오해하고 있는 것 같습니다. 그것은 그 말을 '다른 사람의 사랑에 대한 응답을 들을 필요가 없다'는 의미로 해석하는 경향입니다.

그런 생각은 옳지 않습니다. 우리는 다른 사람들이 우리에게 자신감을 갖도록 해주고 올바른 길로 나아가게 하며, 매순간 다른 사람들에게 우리가 어떻게 보여지고 있는가를 깨닫게 해주는 데 대해 깊은 감사를 마음으로

느낄 수 있어야 합니다. 우리는 자신감을 얻기 위해, 우리의 목표와 우리가 지니고 있는 사회적 가치에 대한 확신을 갖기 위해 자신을 확인하고 싶어합니다.

사랑은 우리의 힘을 북돋아 주고 있습니다. 일이나 경기에서 승리할 수 있도록 우리를 도와주는 것입니다.

만약 사랑받고 있다는 사실을 느끼지 못한다면, 그 대신에 다른 사람을 사랑할 수는 있습니다. 그렇게 하면 사랑이 우리를 찾아올 것입니다. 새로운 도전을 할 수 있는 자신감은 사랑이 전해주는 선물인 것입니다.

나의 사랑은 다른 사람을 성공으로 이끄는 동기가 됩니다. 나는 나의 사랑을 필요로 하는 친구와 함께 시간을 보낼 것입니다.

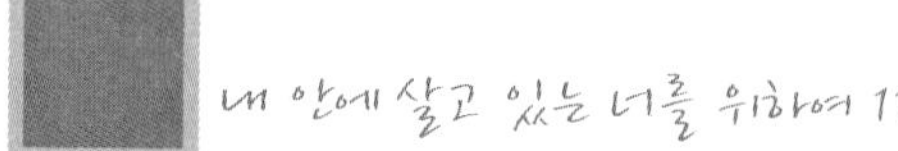

사람은 사랑을 할 때 누구나 시인이 된다
사랑이 없는 인생은
참혹한 죽음과 같은 것이다

사랑을 담는 마음은 아름답습니다. 진정한 사랑은 결코 이기적인 것이 아닙니다. 나를 위한 시간을 마련하기 위하여 서로를 구속하지 않는 것입니다.

진정한 사랑은 주는 사람이나 받는 사람 모두를 자유롭게 만들어줍니다. 사랑이 깊어가는 만큼 우리가 자유를 누릴 수 있는 공간도 넓어지는 것입니다.

누군가의 사랑을 받고 있다는 사실을 깨닫게 될 때, 우리의 마음은 한없이 따스한 온기를 느끼게 됩니다. 사랑의 온기는 차갑게 얼어붙은 두 손과 몸을 녹일 수 있는 것입니다.

마음속의 사랑이 자라나면서 모든 어려움이 조금씩 사라질 것입니다. 사랑의 키가 자라는 만큼 어려움의 키는

낮아지게 됩니다. 처음에는 발뒤꿈치를 들어야 할 만큼이나 높직이 있던 어려움은 사랑의 시간이 흘러갈수록 점점 낮아지게 되는 것입니다.

이기적인 마음은 나에게 필요한 것이 아닙니다. 사랑의 힘은 모든 고난을 극복할 수 있습니다.

내 안에 살고 있는 너를 위하여 12

분노는 우리에게 치명적인 독이 될 수 있다

분노는 우리 모두에게 친숙한 감정입니다. 우리는 다른 사람에게 화를 내기도 하고, 다른 사람이 화내는 것을 듣기도 합니다. 그럴 때마다 우리는 중심을 잃고 비틀거리게 됩니다.

어린 시절에 우리는 '화를 내지 말아야 한다' 는 교육을 받으면서 성장했습니다. 하지만 우리는 여전히 화를 내고 있습니다. 가끔씩 분노가 우리를 찾아올 때 우리는 어린아이처럼 생각하면서 행동합니다.

우리는 분노를 받아들이고 그것을 솔직하게 표현할 수 있는 방법을 알고 있어야 합니다. 언제까지나 분노를 감추고 있을 수는 없습니다. 억누르고 숨길수록 분노는 더욱 커지고 격렬하게 변하는 법입니다. 분노는 사랑을 변질시키고, 자기 파괴적인 형태로 모습을 드러낼 것입니다.

어떻게 인생을 바라보는 것이 좋을까요?

어떻게 친구를 대할 수 있을까요?

기회와 도전을 받았을 때 어떻게 할 수 있을까요?

모든 문제들은 우리의 태도에 따라 결정될 수 있습니다. 그런데 분노를 억누르는 것은 긍정적인 태도를 유지하는 데 언제나 걸림돌이 되는 것입니다.

만약 분노가 나를 지배하지 않는다면, 모든 경험은 나를 성장시킬 것입니다. 나는 분노의 마음을 솔직하게 드러낼 것입니다. 하지만 공격적인 행태는 취하지 않을 것입니다.

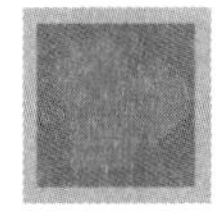

내 안에 살고 있는 너를 위하여 13

두 사람이 주고받는 사랑은 고귀한 것이다
그것은 결코 소유가 아니다
나 자신을 완성하기 위해
무엇인가 소유하는 일은 더 이상 필요하지 않을 것이다
진정한 사랑은 나의 자유라고 할 수 있다

자신감의 부족이 지나친 소유욕을 낳게 됩니다. 자신의 능력에 대한 확신이 부족할 때, 여자로서 어머니로서 연인과 직장인으로서 성공적인 삶을 살고 있지 않다는 두려움을 느낄 때, 우리는 불건전한 습관이나 다른 사람에게 매달리게 되는 것입니다.

하지만 우리는 다른 사람으로부터 만족을 찾을 수 없습니다. 왜냐하면 사람이란 언제나 변하고 항상 우리로부터 달아나기 때문입니다. 그렇게 되면 우리는 다시 상실감으로 괴로움을 맛보게 됩니다.

자기 완성은 정신적인 발전과 더불어 이루어지는 것입

니다. 자신이 지닌 고귀한 능력에 대한 인식이 깊어질수록 우리는 마음의 평화를 얻게 됩니다. 그리고 우리가 원하는 모든 것을 얻을 수 있다는 믿음을 가지게 됩니다.

그것은 단지 사랑에 대한 믿음이 있으면 되는 것입니다. 사랑의 믿음에 우리의 영혼을 맡기도록 하십시오. 그렇게 한다면 다시는 누군가를 소유할 필요가 없어지는 것입니다. 자신에 대한 의혹도 모두 사라질 것입니다.

다른 사람에게 집착하는 것은 우리 자신뿐만 아니라 다른 사람에게도 덫이 됩니다. 우리 모두의 성장에 방해를 받는 것입니다.

살아가고 성장하면서 나의 모든 능력을 발휘할 수 있는 자유는 신념과 함께 존재합니다. 나는 단지 나의 신념에 대한 신뢰를 다지면 되는 것입니다. 나와 내가 사랑하는 사람의 마음속에서 진정한 사랑이 피어오르고 있습니다.

내 안에 살고 있는 너를 위하여 14

사랑의 고통은
살아 있는 자의 고통이다
그것은 영원한 상처인 것이다

우리는 다른 사람들과 더불어 살아가고 있습니다. 나이가 들어갈수록, 점점 더 깊이 있는 관계를 맺을 수 있는 동료를 원하게 됩니다. 다른 사람과 우정을 유지하고 싶은 마음이 사랑을 위한 길을 열어주고 있습니다.

그러나 사랑의 관계란 지나친 친밀감으로 인하여 축복과 상처를 동시에 받는 관계인 것입니다.

사랑을 갈망하는 것은 인간의 본성입니다. 우리는 모두 사랑을 하고 사랑을 받고 싶어합니다. 하지만 사랑이 다가오기를 기다리는 고통은, 정작 사랑이 찾아왔을 때 뒤따르는 고통에 비하면 아무것도 아닙니다.

사랑은 우리의 감각을 예민하게 만듭니다. 짧은 이별이나 약간의 무관심도 연인에게 육체적인 혹은 정신적인

상처를 입힐 수 있습니다.

하지만 사랑을 하면서 느끼는 고통도 사랑을 잃어버린 다음의 고통에 비하면 보잘것없는 것입니다.

어쩌면 고통은 사랑의 모든 것이라고 할 수 있을 것입니다. 그러나 나는 그 고통이 몹시 향기로운 것이라는 사실을 알고 있습니다. 비록 날카로운 가시가 달린 사랑이지만, 나는 사랑을 포기하지 않을 것입니다.

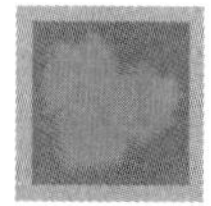

사랑은 그 안에 고귀함을 지니고 있다
사랑은 자신의 이익을 찾지 않으며,
사악한 마음을 품지 않는다

사랑은 오직 행복만을 가져다줄 것이라고 흔히들 생각합니다. 하지만 이런 생각은 커다란 잘못입니다. 사랑은 우리의 영혼을 발가벗기고 깊숙이 감추어진 모습까지 모두 드러내라고 요구합니다.

연인이 나의 진정한 모습을 알게 되면 나의 사랑을 거절할 것이라는 두려움은, 우리의 어깨를 짓누르는 무거운 운명입니다.

자기 중심적인 사람들은 자신의 발전을 도모하기 위해 존재하는 자아 전체를 파괴해 버립니다. 우리가 지닌 경험의 좁은 시야만으로는, 계발되기 위해 창조된 우리에게 진보를 약속하고 있는 다채로운 인생의 풍경을 내다볼 수 없습니다.

우리가 배워야 할 것이 무엇인지 발견할 수 있는 오직 한 가지 방법은, 관심과 애정을 가지고 다른 사람들과 교제를 하는 것입니다. 항상 작은 것에 안주하려 든다면, 우리의 영혼을 살찌워 줄 온갖 일들을 알 수 없게 됩니다.

서로에게 들려주는 마음의 소리에 귀를 기울이고 자신을 그 충고에 조화시키며 세상을 살아갈 때, 우리는 자신이 부쩍 크고 있음을 알 수 있고 또한 우리 자신의 뚜렷한 앞날도 내다볼 수 있게 됩니다. 그러니 서로 사랑하고 있는 사람들은 정말 대단한 행운을 잡은 것입니다.

우리는 언제나 사랑하고 사랑받을 수 있는 준비를 갖추고 있어야 합니다.

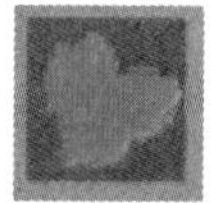

내 안에 살고 있는 너를 위하여 16

사랑이란 상실이며 단념이다
모든 것을 다른 사람에게 주어버렸을 때
사랑은 더욱 풍성해질 수 있다

우리가 사랑의 힘으로 능력을 부여받았을 때, 우리는 어떤 것에도 두려워하지 않고 목표를 향해 달려갑니다. 그러나 반대로 사랑이 없을 때에는 아무것도 아닌 일조차 우리를 두렵게 만들 수 있습니다.

친한 친구나 다정한 연인에게, 심지어 어느 낯선 사람에게까지 우리의 마음을 터놓을 때 사랑은 우리에게 전혀 예기치 못한 선물을 남겨줍니다.

우리는 어린아이들의 천진한 마음에 감동되어 그들에게 우리의 사랑을 쉽게 표현할 수 있습니다. 우리가 어린아이들의 거절로 인해 상처받지 않을 것이라는 사실을 확신하면서…….

우리가 이러한 사랑의 표현을 어린아이에게뿐만 아니

라 만나는 모든 사람들에게 자연스럽게 할 수 있다면, 우리의 삶은 활기에 넘치게 되고 우리에게 닥쳐올 어떠한 어려움에도 굳게 대처할 수 있는 용기를 얻게 됩니다.

우리는 사랑의 고통이 우리의 인식을 깊게 만들고 삶이 모든 것에 대한 이해력을 높여줄 것이라는 사실을 알게 됩니다. 그렇기 때문에 사랑의 고통과 더불어 살아갈 수 있는 것입니다.

사랑의 고통은 사랑의 황홀감을 더욱 강렬하게 만들고 있습니다.

내 안에 살고 있는 너를 위하여 17

나는 위대한 정신의 소리에 귀를 기울이고 있었다
또한 내 영혼의 목소리를 듣고 있었다
그리고 사랑이 존재의 매듭을 묶고 완성한다는 사실을
항상 기억하고 있었다

누군가를 사랑하는 일은 우리 사이에 벌어진 간격을 좁혀주고 있습니다. 사랑은 또 다른 세계로 우리를 인도하면서 우리의 세계를 더욱 풍성하게 만드는 것입니다. 사랑은 모든 것을 평등하게 만들고 있습니다.

우리는 더 이상 사랑하는 사람을 지배하거나 정복하려고 하지 않습니다. 우리의 사랑은 다른 사람에 대한 사랑을 더욱 커다랗게 키워줍니다. 사랑은 다른 사람을 치료할 뿐만 아니라 우리 자신을 치유하는 것입니다.

다른 사람으로부터 사랑을 받는 것은 우리의 존재를 인정하도록 만들고, 우리가 중요하다는 확신을 심어주게 됩니다. 우리는 누구에게나 이러한 확신이 필요합니다.

사랑이 없으면, 아무리 많은 사람들과 어울린다고 하더라도 허전한 외로움을 느끼게 됩니다. 모든 사람들로부터 잊혀진 하찮은 존재라는 느낌이 드는 것입니다.

우리 모두는 소외를 느꼈던 순간을 회상할 수 있을 것입니다. 우리는 누군가에게 손을 내밀어서 우리의 사랑을 전달해야만 합니다. 그것만이 우리를 하나로 만드는 길입니다.

사랑의 힘은 아주 강력합니다. 그것은 우주의 얼굴을 바꾸어 놓을 수도 있습니다. 또한 삶의 방향을 확 틀어놓을 것입니다.

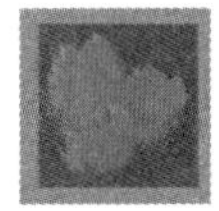

내 안에 살고 있는 너를 위하여 18

누군가를 사랑하는 마음은
'완전함' 을 경험하도록 만들어준다
'나는 당신의 일부이며 당신은 나의 일부' 라는 생각은
두 사람을 하나로 연결시켜 주면서
서로가 서로에게 필요한 존재라고 느끼도록 만든다

신이 우리에게 요구하는 단 한 가지의 계명은 '서로를 사랑하라' 는 것입니다. 사랑이 좀처럼 생겨나지 않는다면, 적어도 누군가에게 상처를 입히지 않겠다고 결심할 수는 있습니다.

모든 사람이 단 하루만이라도 서로에게 상처 주는 일을 피한다면, 우리의 삶은 달라지게 될 것입니다. 그리고 새로운 전망을 지니고 이 세상의 모습을 바라볼 수 있게 될 것입니다.

사랑에 응답할 수 있는 기회는 날마다 우리를 찾아옵니다. 상냥한 미소와 친절한 몸짓, 누군가와 대화를 나누

고 어떤 일이 잘되어 나가는지 지켜보는 것, 이러한 모든 것들이 사랑의 표현입니다.

사랑은 비록 짧은 순간이나마 우리의 마음을 서로 연결해 주는 것입니다. 누군가가 어떠한 형태로든지 우리에게 이러한 사랑을 나누어줄 때, 우리는 그것을 느낄 수 있고 감동을 받게 됩니다.

우리가 다른 사람을 사랑할수록 우리의 사랑은 점점 더 깊어가게 됩니다. 사랑은 우리의 마음을 향상시키고, 우리의 짐을 훨씬 더 가볍게 만들어줍니다.

사랑은 '나'를 완전하게 만드는 길입니다.

내 안에 살고 있는 너를 위하여 19

사랑은 영원히 미완성인 것을
완성으로 만들려고 노력하는 것이다
시간의 작은 그릇 속에 영원을 담기 위하여
서로 힘을 모으는 것이다

우리 감성에 녹아 흐르는 사랑스러운 행위 하나하나는 우리 자신뿐만 아니라 다른 사람들의 가슴속에도 탐스러운 눈처럼 소복하게 쌓이는 법입니다.

누군가를 절실하게 사랑하겠다는 결심은 아주 간단히 내릴 수 있지만, 그 결심을 지속시켜 나가기 위해서는 날마다 끊임없는 노력이 필요합니다. 우리는 얼마나 빨리 우리에게 보장된 혜택을 잊어버리는지…….

우리가 지닌 사랑의 가장 진실한 표현은 다른 사람들에게 그들 자신을 탐구해 나가도록 도움을 주는 것입니다.

만약 우리가 서로 떨어져 있는 동안 우리가 지닌 모든 창조력의 근원을 소모시켜 버린다면, 우리가 같이 있는

순간이나 시간 속에서만 유대감을 지속시켜 나갈 수 있을 것입니다.

사랑을 알고 그것을 지켜나가기 위해서는 같이 있는 시간이나 헤어져 있는 시간 모두를 소중하게 여기고 간직해야 합니다.

날마다 우리는 친절한 충고를 필요로 하고 있습니다. 나는 나의 소중하고 고결한 사람의 그 모든 것을 사랑하겠으며, 그를 충만한 삶으로 인도하기 위해 항상 노력할 것입니다.

이 하나의 아름다운 약속이 이루어진다면, 건강한 정신 속에서 살아가는 아름답고도 고결한 두 개의 영혼이 탄생할 것입니다.

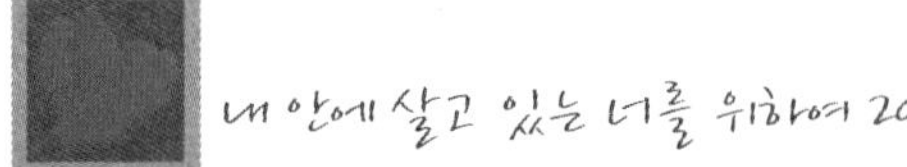

사랑의 비극이란 존재하지 않는다
단지 사랑이 없는 곳에만 비극이 있다

우리의 영혼 속에 사랑의 마음을 담고 있을 때, 모든 시간은 승리의 연속일 것입니다. 사랑은 나눌수록 더욱 가득히 채워지게 되는 것입니다.

우리는 서로에게 연결되어 있습니다. 전체에 대한 개인의 봉사는 반드시 필요한 것입니다. 우리의 존재에 의하여 비로소 전체가 완성되기 때문입니다.

진실한 사랑은 서로의 소망이 이루어지는 것을 축복해 주고, 사랑을 속삭일 때 기쁨을 느끼며, 우리 삶의 방향이 제각기 다를지라도 헤어져 있는 시간 동안 서로가 더욱 성장해 나갈 것임을 믿어 의심하지 않는 것입니다.

우리 인생의 목적지가 어느 곳이든 아무런 거리낌 없이 서로를 자연스럽게 사랑하기에, 언제나 같이 있음을 우리는 알 수 있습니다. '나'는 언제나 '너'를 기억하고

있습니다.

사랑이라는 미명 아래 서로를 구속하는 관계를 진정한 사랑이라 잘못 생각했던 시절이 있었기 때문입니다.

나는 주위의 모든 친구들에게 감사할 것입니다. 그들의 도움으로 인하여 내가 사랑을 유지하고 있기 때문입니다.

내 안에 살고 있는 너를 위하여 21

사랑은 바위처럼 제자리에 앉아 있는 것이 아니다
벽돌처럼 무엇인가를 만들고 있는 것이다
모든 시간을 재구성하고 새롭게 만들어야 한다

우리는 사랑받기를 좋아하고, 주목받기를 즐깁니다. 다정한 애무를 받고 싶어합니다. 또한 인정받기를 바랍니다. 다른 사람이 우리의 말에 귀 기울여주기를 원하고 있습니다.

친구와 연인 그리고 아이들이 우리에게 원하는 것도 역시 마찬가지입니다. 물과 태양, 비료를 필요로 하는 정원처럼 사랑도 우리의 관심을 필요로 하고 있습니다.

건강하고 건전한 사람이 되기 위하여 정성어린 손길이 필요한 것입니다. 또한 받는 만큼이나 주는 것도 필요한 일입니다. 다른 사람에게 향하는 관심이 우리를 성장시켜 줄 것입니다.

세상을 살아가면서 여러 사람들과 친밀한 관계를 맺

는 것은 사랑이 무엇인지를 알기 위해 치러야 하는 부담이기도 합니다. 어쩌면 우리가 두려운 기억들을 간직하고 있거나 다른 사람에게 말하기 어려운 비밀이 있을 때, 우리는 그 진실이 드러나서 상대의 사랑이 조건적인 사랑으로 멀어지지나 않을까 하는 두려움에 휩싸이기도 합니다.

우리가 서로에게 줄 수 있는 가장 커다란 선물은 과거에 우리가 어떤 사람이었으며, 지금은 어떤 사람이고, 미래에 어떤 사람이 되고 싶다는 우리의 희망을 상대방에게 설득력있게 설명해 주는 것입니다. 그것은 우리가 서로를 받아들일 수 있는 지름길이기 때문입니다.

나는 진실을 두려워하지 않을 것입니다. 사랑은 진실의 성 안에서 이루어지는 것입니다. 나를 그리고 너를 가꾸는 정성이 필요합니다.

내 안에 살고 있는 너를 위하여 22

우리는 사랑에 의하여
신과 연결될 수 있다

사랑은 정적인 것이 아니라 역동적인 것입니다. 사랑은 늘 변화하고 있습니다. 그리고 사랑하는 사람을 항상 변화시키게 됩니다. 사랑의 표현을 나눔으로써 우리는 변화하고 있습니다. 변화된 우리 존재가 다른 사람을 변화시키는 것입니다.

우리에게 필요한 것은 진실입니다. 진실한 행동을 위하여 용기가 필요합니다. 그리고 결단을 내려야 하며, 연습 또한 필요합니다. 우리가 사랑에 대해 알고자 한다면 용기를 가져야 하는 것입니다.

우리는 사랑을 받아들이고 나누어줄 수 있어야 합니다. 하지만 무엇보다도 먼저 내가 사랑받을 만한 자격이 있다는 사실을 깨달아야 합니다.

우리의 진정한 사랑을 갈라놓을 수 있는 것은 아무것

도 없습니다. 만약 우리의 사랑이 진실하다면, 그 사랑은 우리를 자유롭게 하고 우리가 가는 길을 축복해 줄 것입니다.

모든 사랑은 '나'의 마음에서 생겨나는 것입니다.

나는 주위의 다른 사람들에게 관심을 기울일 것입니다. 모든 사람의 성장이 서로 사랑하고 사랑받는 일에 있다는 사실을 기억할 것입니다. 나는 새로운 사랑을 만들 수 있습니다.

이 세상을 더욱 살기 좋은 곳으로 가꾸는 방법은
단 한 가지뿐이다
서로 사랑하는 것이다
예수가 사랑한 것처럼 사랑하고
부처가 사랑한 것처럼 사랑하는 것이다

아무런 조건도 없이 사랑을 받는 것은 우리의 타고난 권리입니다. 신은 우리를 무조건적으로 사랑하고 있습니다. 우리는 서로에게 신과 같은 사랑을 원하고 있습니다. 그리고 우리에게는 그럴 만한 자격이 있습니다.

하지만 사랑을 주기 이전에 사랑을 찾는 것이 인간의 본성입니다. 많은 사람들이 사랑의 증거를 찾아 방황하는 것입니다.

너무나 많은 사람들이 서로 사랑하기보다는 사랑을 찾아 돌아다니고 있습니다. 하지만 다른 사람을 진정으로 사랑한다는 것은 모든 기대를 버린다는 것입니다. 그리고 서로를 나의 영혼 속으로 온전히 받아들인다는 것입니다.

사랑은 상처를 낫게 만드는 몰약입니다.

사랑은 우리의 짐을 가볍게 만들고 있습니다.

사랑은 마음속 깊은 곳에서 즐거움을 불러내고 있습니다.

하지만 그 무엇보다도 사랑은 서로를 결속시켜 줍니다. 모든 외로움이 사라지게 만드는 것입니다. 우리는 더 이상 이 세상으로부터 소외된 존재가 아닙니다. 사랑은 사회를 단단하게 맺어주는 접착제입니다. 사랑이 없으면 이 사회는 순식간에 무너질 것입니다.

사랑을 나누어줄 때 사랑이 찾아올 것입니다. 사랑의 표현을 할 때마다 나는 더욱 아름다운 인생을 향하여 앞으로 걸어가는 것입니다.

내 안에 살고 있는 너를 위하여 24

사랑을 하는 여자는
자신 이외의 다른 것에 지배를 받지 않는다
왜냐하면 그녀 자신이
가장 강력한 힘을 지니고 있기 때문이다

누구나 사랑이 필요합니다. 우리 모두는 자신이 인정받고 있으며 반드시 필요한 존재라는 확신을 얻고 싶어하는 것입니다. 누군가 우리에게 사랑에 대한 확신을 심어줄 때, 우리의 영혼은 더욱 강해질 수 있습니다.

감정적이며 정신적인 성숙은 우리가 신으로부터 무조건적인 사랑을 받고 있다는 깨달음을 통해 얻어집니다.

어느 누구도 우리에게 사랑의 신호를 보내지 않을 때 이러한 사랑을 생각하면, 우리는 새로운 힘을 얻을 수 있습니다. 하지만 대부분의 경우에 우리는 언제 어느 장소에나 존재하는 신과의 결속을 잊어버리고 있습니다.

우리는 내면의 영혼을 통하여 다른 사람의 존재와 미

소, 그리고 그들의 따뜻한 메시지를 받아들이고 싶어하는 아름다운 충동을 느낄 수 있습니다. 다른 사람의 소망은 우리와 마찬가지로 앞으로 다가올 사랑에 대한 기대, 바로 그것입니다.

절대적인 사랑은 표현을 필요로 하고 있습니다. 지금부터라도 늦지 않았습니다. 그 사랑에 가슴을 열어 보이고, 그것이 더욱 큰 사랑이 되어 우리에게 펼쳐지는 것을 기대할 수 있어야 합니다.

사랑의 신호는 영혼의 교류를 통하여 이루어지는 것입니다. 나는 다른 사람과 교감할 수 있기 위하여 노력하고 있습니다.

내 안에 살고 있는 너를 위하여 25

사랑에는 한 가지 법칙밖에 없다
그것은 사랑하는 사람을 행복하게 만들어주는 일이다

우리가 자신의 소중한 가치에 대해, 신의 사랑에 대해 확신을 가지게 될 때까지 우리는 끊임없이 자기 긍정의 생각을 가다듬어야 합니다. 하지만 나의 영혼을 스스로 성장시키고 스스로에게 애정을 기울이는 일은 고통스러울 수도 있습니다.

오직 인내만이 진보를 가져올 수 있습니다. 시간이 흐르면, 나 자신을 사랑하는 일이 자연스럽게 여겨질 것입니다. 또한 우리의 자아가 성장하고 변화하는 것도 느낄 수 있을 것입니다.

우리는 누군가로부터 사랑한다는 말을 무척이나 듣고 싶어합니다. 우리와 가까운 사람들에게 사랑의 말을 한다면, 그 말로 인해 서로가 커다란 힘과 자신감을 얻을 것이라고 우리는 확신할 수 있습니다. 사랑을 나누기에 지

금 이 순간보다 더 좋은 시간은 없을 것입니다.

사랑하는 마음으로 사람과 동물과 꽃을 보지 않는다면, 우리는 삶의 공허를 느끼게 될 것입니다. 고독이 우리의 뒤를 따라다니고, 두려움의 어두운 그림자가 길게 드리워질 것입니다.

그러나 사랑을 느끼는 순간 우리는 이 세상이 달라졌다는 사실을 알게 될 것입니다.

이 세상은 나를 위하여 예비된 것입니다.

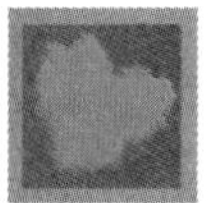

내 안에 살고 있는 너를 위하여 26

사랑은 아름다운 꿈이다

서로의 영혼을 구속하거나 얽매는 것은 진정한 사랑이 아닙니다. 그것은 편협한 사랑의 방식입니다. 좁은 울타리 속에 사랑을 가두지 않는 것이 좋습니다.

사랑은 서로의 마음을 단단하게 묶어주는 것입니다. 그리고 서로를 위해서라면 지금은 헤어질 수 있는 용기도 필요합니다.

자신이 행복하게 되기를 원하는 것은 지극히 정상적이며 자연스러운 일입니다. 그러나 자신을 위해 다른 사람을 이용한다거나, 그들을 불행하게 만들면서까지 자신의 행복만을 추구한다면 결국은 비참한 종말을 맞이하게 될 것입니다.

행복은 우리가 전혀 예기치 못한 상태에서 어느 날 갑자기 찾아오는 것입니다. 다른 사람의 행복을 간절히 바랄 때 따스한 마음속으로 소리 없이 다가오게 됩니다.

그렇습니다. 진정한 사랑은 서로를 만나는 순간 순간의 경험을 소유하려고 하는 것이 아니라, 그런 경험들을 소중하게 여기고 보살펴주는 것입니다.

사랑이 사랑을 낳습니다. 나 자신과 다른 사람에게 사랑을 표현할 때, 성장의 기쁨을 맛볼 수 있는 것입니다.

사랑은 결과가 아니고 원인이다
사랑은 이미 완성된 기성품이 아니라
만들어가는 과정인 것이다
사랑은 돈이나 전기처럼 거대한 힘을 지니고 있다
사랑을 통하여 무엇인가를 창조할 수 없다면
그것은 아무런 가치도 없는 것이다

우리는 언제나 사랑의 행동에 대해 고마운 마음을 품고 있어야 합니다. 우리는 나 자신과 다른 사람을 사랑하는 길을 선택하게 되었습니다.

사랑과 사랑하는 행위는 영혼의 병을 치료할 수 있습니다. 우리 스스로 치료를 받으면서 다른 사람까지 치료하고 있는 것입니다.

다른 사람을 사랑한다는 것은, 이기적인 생각을 버리고 다른 사람의 이익을 가장 먼저 생각한다는 것을 의미합니다. 그 결과로 인하여 상대방은 우리의 사랑을 느끼게 되는 것입니다. 그리고 상처가 회복되고 있다는 사실을 알 수 있습니다. 그것과 동시에 우리의 영혼도 위로를 받는 것입니다.

우리는 다른 사람의 영혼과 접촉함으로써 신과 나 자신을 발견하게 됩니다. 우리가 지닌 가장 특별한 능력은 사랑하고 사랑받을 수 있는 능력입니다.

다른 사람을 위하여 보내는 순간 순간이 바로 귀중한 사랑의 시간인 것입니다.

날마다 감사의 나날이 흘러가고 있습니다.

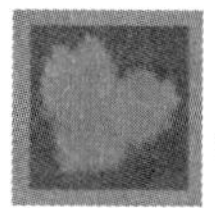

내 안에 살고 있는 너를 위하여 28

사랑이 나의 영혼과 함께 한다면
나는 그토록 냉정한 생각은 하지 못할 것이다

사랑은 모든 고통을 감싸 주고 있습니다. 모든 상황을 평온하게 만들면서 긴장을 풀어주는 것입니다.

사랑의 표현은 모든 상처를 치유할 수 있습니다. 다른 사람을 향한 사랑의 감정을 느낄 수 있도록 해야 합니다. 그렇게 한다면 우리의 영혼은 하늘 높이 날아오르고, 사소한 어려움도 모두 사라질 것입니다. 또한 인생의 해답을 발견하게 될 것입니다.

우리가 지금 찾고 있는 대답은, 문제 자체에 매달리기보다는 우연히 만나는 사람들에게 사랑을 베풀 때 저절로 깨닫게 되는 것입니다. 우리의 머릿속에서 그 문제의 해답을 찾을 수는 없기 때문입니다. 그것은 어느 순간에 문득 어떻게 해야 하는지 깨닫게 되는 것입니다.

아마도 누군가의 한 마디 말이나 친절한 행동이 우리

가 찾고 있던 해결의 실마리를 제공할 수도 있습니다. 한순간이라도 모든 근심을 잊어버리고 사랑의 힘에 사로잡힐 수 있도록 해야 합니다.

우리가 다른 사람에게 쌀쌀맞거나 화를 낸다면, 그들이 전하는 메시지를 받을 수가 없습니다. 다른 사람에 대한 우리의 사랑은 우리 자신을 부드럽게 만들어주고 있습니다.

우리가 기다리고 있던 영감과 해답이 떠오르게 되는 것입니다.

만약 내가 궁핍하다면, 반드시 해결해야 하는 문제가 있다면, 먼저 다른 사람들에게 사랑의 손길을 보낼 것입니다. 그들이 나에게 문제의 해답을 알려줄 것입니다.

화려한 사랑의 고백과 많은 재물이 있더라도
진정한 사랑이 없다면
그 모든 것은 초라하게 변하고 아름다운 빛을 잃어버린다

사랑은 위로하고 용기를 북돋아주며 영감을 불어넣게 됩니다. 사랑을 받는 시간이나 사랑을 주는 시간이나, 그 언제라도 우리는 더욱 성숙한 인생을 살아갈 수 있는 것입니다.

사랑의 표현을 하지 않는다면 우리는 가족과 친구로부터 멀어지게 됩니다. 사랑은 우리에게 힘을 주고 용기를 안겨주는 단단한 끈입니다.

우리는 모두 누군가에게 소중한 존재가 되기를 원하고 있습니다. 오늘을 살고 있는 바로 이 순간에도 우리는 살아 있는 모든 생명체들에게 소중한 존재인 것입니다.

우리가 살아가면서 수없이 많은 방법으로 사랑을 표현

할 수 있습니다. 사랑의 편지, 소중한 사람에게 주고 싶은 선물, 부드러운 미소, 마음을 담은 전화, 만나고 싶은 고백……. 어떠한 형태로든 우리의 따스한 관심을 서로에게 나타내 보이는 것, 그것이 바로 언젠가는 충분히 되돌려 받게 될 사랑의 표현입니다.

우리가 다른 사람들을 진정으로 사랑할 때 느끼는 편안함은, 우리의 인생에서 사랑이 제일 중요하다는 우리의 믿음과 일치하는 것입니다.

우리는 다른 사람이 먼저 사랑의 표현을 할 때까지 기다릴 필요가 없습니다. 사랑은 무조건적인 것이어야 합니다. 사랑은 그 자체로 소중한 것이기 때문입니다.

내 안에 살고 있는 너를 위하여 30

사랑을 가르쳐주는 사람은 아무도 없다
사랑이란 우리의 생명과 같이
탄생할 때부터 지니고 태어나는 것이다

사랑은 아픈 상처를 부드럽게 감싸 주고, 새로운 축복의 길로 우리를 인도합니다. 지금 우리가 해야 하는 일은 너무나 단순합니다. 서로 사랑하는 것입니다.

우리가 각자의 삶 속에서 서로 만나고 짜여지게 되는 것은 결코 우연한 일이 아닙니다. 오늘 누군가를 사랑한다면, 내일은 두 사람의 상처가 깨끗이 치유될 것입니다.

우리는 사랑의 손길로 보살펴진 작은 뜰에서 향기 그윽한 과일을 거두어들일 수 있습니다. 가족과 친구에 대한 우리의 따스한 관심 또한 우리 모두에게 더욱 큰 사랑을 안고 되돌아오게 됩니다. 그것은 우리 한 사람 한 사람의 노력이 우리에게나 우리가 사랑한 사람들에게 쉽게 잊혀지지 않기 때문입니다.

우리가 사랑을 베풀 때, 앞을 가로막고 있는 장애물은 저절로 무너지게 될 것입니다. 사랑은 우리에게 자유를 주고, 인생을 즐기도록 합니다. 우리에게 힘을 주어서 어떤 목표에라도 도달할 수 있도록 만드는 것입니다.

우리는 서로에 대한 사랑 속에서 신의 뜻을 확인할 수 있습니다.

나는 단 한 가지의 책임을 맡게 되었습니다. 그것은 바로 누군가를 진정으로 사랑하는 것입니다.

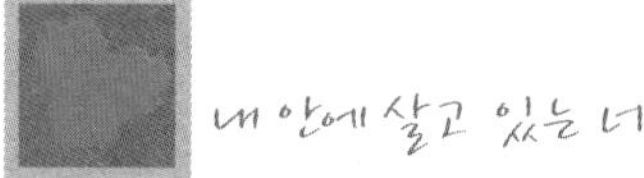

사랑은 거의 모든 일에
생기를 불어넣을 수 있다

우리의 태도는 삶 속에 사랑이 있는가, 혹은 없는가에 따라 근본적으로 영향을 받고 있습니다. 친구나 연인, 혹은 낯선 사람에게 사랑을 표현할 때마다 우리는 두 사람 사이에서 이루어지는 역동적인 상호작용을 경험하게 됩니다.

우리가 누군가에게 보이는 반응은 우리 스스로를 변화시키고 있습니다. 우리가 다른 사람을 비판하기만 한다면, 스스로에 대한 생각도 부정적일 수밖에 없습니다. 사랑이 지닌 미덕은 상대방으로부터 똑같은 사랑의 반응을 불러올 수 있는 것입니다.

우리 앞에 놓인 시련이 아무리 크다고 하더라도, 마음속에 사랑을 간직하고 있다면 어렵지 않게 견딜 수 있습니다. 사랑은 두려움보다 강한 것입니다.

사랑은 신에 이르는 통로를 열어주고 우리의 능력을 더욱 뛰어나게 만들 뿐만 아니라, 모든 책임을 완수할 수 있도록 인내력과 지혜를 안겨주는 것입니다.

나는 사랑의 힘을 믿고 있습니다. 사랑이 나의 미래를 위하여 노래를 부르고 있습니다.

나는 신으로부터 무조건적인 사랑을 받고 있습니다. 더욱 많은 사랑을 베풀게 된다면, 더욱 많은 사랑이 나에게 돌아올 것입니다. 사랑은 나를 변화시키고 싶어합니다. 그리고 변화시킬 수 있는 것입니다.

내 안에 살고 있는 너를 위하여 32

사랑과 연민으로 서로를 대할 때
모든 냉정함이 사라진다

사랑으로 세상을 바라볼 수 있어야 합니다. 그리고 친구와 가족, 연인에게 마음껏 사랑을 나누어주십시오. 우리의 삶은 더욱 풍요롭고 활기차게 될 것입니다.

아낌없는 사랑의 표현은 더욱 많은 사랑을 낳게 됩니다. 우리를 단단하게 결속시키고, 더 많은 사람들과 친분을 맺도록 기회를 제공합니다.

우리의 삶이 유연하게 변하면서 전혀 생각하지 못했던 기회가 더욱 쉽게 다가오고 있습니다. 부드럽고 아늑한 생활은 사랑을 통해 얻어지는 것입니다. 우리가 사랑으로 다가서면 세상은 우리를 환영하게 됩니다.

우리는 운명의 시련과 호의를 단순하게 받아들이기만 하는 존재가 아닙니다. 원하는 것은 우리가 직접 찾을 수 있습니다. 그러나 편협한 시선으로 세상을 바라본다면,

그만큼이나 기회도 좁아지는 것입니다.

다른 사람에 대하여 연민과 공감을 느낄 수 있는 능력은 감성의 건강 상태를 측정할 수 있는 척도입니다. 냉정한 태도와 무뚝뚝한 행동, 다른 사람에 대한 인색한 평가 등은 감성의 건강 상태가 나쁘다는 것을 의미합니다. 우리가 서로 사랑하게 된다면, 이러한 것들은 모두 사라지게 될 것입니다.

우리가 새로운 인생을 살아갈 때 그 열매를 거두게 됩니다.

누군가를 사랑한다는 것, 그것이 내 인생의 소임입니다. 사랑은 내가 갈망하는 안정을 보장할 수 있습니다.

내 안에 살고 있는 너를 위하여 33

진정한 사랑을 보내면

진정한 사랑이 돌아올 것이다

진정한 사랑은 이기심이 없는 사랑입니다.

진정한 사랑은 아무런 보답도 기대하지 않습니다.

진정한 사랑은 계산을 하지 않는 것입니다.

지금까지 우리는 사랑을 받지 못해서 상처를 입고, 필사적으로 사랑을 원했습니다. 하지만 이제는 모든 것을 깨닫게 되었습니다.

우리는 같은 산을 오르고 있는 중입니다. 정상에 오를 때까지 내가 걷고 있는 이 길은 다른 많은 사람들의 길과 엇갈리게 됩니다. 그 교차로에서 우리는 많은 깨달음을 얻고 한 단계 더 발전할 수 있습니다.

그 당시에는 아무리 귀찮게 생각되는 만남일지라도, 우리는 그 만남에 대하여 감사하는 마음을 품어야 합니다. 그리고 같은 인생의 여행자들에게 진정한 사랑을 나

누어줄 수 있어야 합니다. 우리의 여행은 몇 배나 더 보람 있는 결실을 거두게 될 것입니다.

사랑에 대한 갈망을 부끄럽게 생각해서는 안 됩니다. 사랑의 늪에 빠졌다고 해서 수치심을 느낄 필요도 없습니다. 다만 우리가 추구하는 사랑은 다른 사람에게 베푸는 경우에만 얻어질 수 있다는 사실을 기억해야 합니다.

나는 누군가에게 사랑을 나누어줄 것입니다. 그리고 내가 베푼 만큼의 사랑이 다시 돌아올 것입니다.

우리는 살아가면서 수없이 많은 방법으로 사랑을 표현할 수 있습니다. 사랑의 편지, 소중한 사람에게 주고 싶은 선물, 부드러운 미소, 마음을 담은 전화, 만나고 싶다는 고백…….

어떠한 형태로든 우리의 따스한 관심을 서로에게 나타내 보이는 것,
그것이 바로 언젠가는 충분히 되돌려 받게 될 사랑의 표현입니다.
우리가 다른 사람들을 진정으로 사랑할 때 느끼는 편안함은,
우리의 인생에서 사랑이 제일 중요하다는 우리의 믿음과 일치하는 것입니다.
우리는 다른 사람이 먼저 사랑의 표현을 할 때까지 기다릴 필요가 없습니다.
사랑은 무조건적인 것이어야 합니다.
사랑은 그 자체로 소중한 것이기 때문입니다.

네 영혼에 뜨는 별

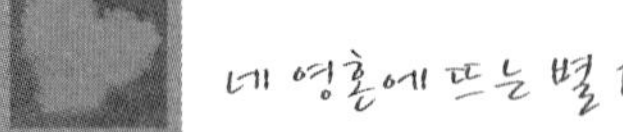

인간의 가치는 그가 품고 있는
이상에 따라 결정되는 것이다
용기는 역경에 처했을 때 빛나는 힘이다

나의 존재를 위협하고 있는 모든 것들에 대항할 수 있는 용기는 바로 사랑입니다. 사랑은 폭넓은 이해심을 요구하고 있기 때문입니다.

자신의 모습에 만족한 사람은 거의 없습니다. 모든 사람들이 여러 가지 이유로 스스로를 자학하고 있는 것입니다. 그런 고민을 하고 있는 사람은 이 세상에 나 혼자밖에 없다는 생각을 하면서…….

만약 우리가 가까운 친구들의 마음을 바라볼 수 있다면, 그들도 역시 나와 비슷한 고민으로 갈등하고 있다는 사실을 발견하게 될 것입니다. 아직까지도 우리는 나 자신의 내부에 잠복해 있는 괴물을 두려워하고 있습니다.

우리는 그 괴물을 밝은 빛 속으로 내몰아야 합니다. 괴

물의 정체는 고통과 즐거움 사이에서 끊임없이 방황하고 있는 나 자신의 영혼입니다. 나의 모습에 대한 불안에서 벗어날 수 있을 때, 우리는 사랑과 행복이 넘치는 사회를 만들 수 있는 것입니다.

내가 두려움을 느껴야하는 이유는 아무것도 없습니다. 진정한 나를 알아가는 과정이 바로 인생입니다.

두 마리의 새가 날아간다
그들은 어디에선가
서로를 필요로 하게 될지도 모른다

우리의 삶은 아주 광범위한 영역에 걸쳐 펼쳐집니다. 우리가 살아가는 일상의 범위는 수많은 사람들의 삶과 아주 밀접하게 연관되어 있는 것입니다. 우리의 모든 행동 속에는 사회적인 의미가 깃들여 있습니다.

연필을 다듬거나 향기로운 차를 주전자로 끓이는 것과 같은 사소한 일에도 사회적인 의미가 살아 숨쉬고 있는 것입니다. 모든 사람들은 서로를 필요로 하고, 모든 삶들은 다른 삶과의 관계 속에서 형성되고 있습니다.

한 사람의 인생은 이 사회를 구성하고 있는 수많은 인생의 일부분이 됩니다. 한 사람의 인생이 허물어지면, 모든 인생이 위기를 맞이하게 되는 것입니다.

이 사회를 형성하고 있는 것은 바로 우리 모두인 것입

니다. 수많은 '나'가 모여서 우리를 만들고 있습니다.

우리는 사회 속에서 나의 인생을 변화시킬 수도 있으며, 다른 사람이 나와 같은 행동을 하도록 영향을 미칠 수도 있습니다. 그리고 사회의 양식에 맞추면서 우리가 걸어가는 삶의 방향을 바꿀 수도 있습니다. 나와 사회의 관계는 서로 영향을 주거나 받는 사이입니다.

하지만 이 사회는 우리가 완전히 이해하기에는 너무나 복잡하고 방대합니다. 그래서 우리에게 꼭 필요한 것은, 모든 현실을 초연하게 바라볼 수 있는 마음가짐입니다.

사랑하는 연인이나 나에게 이별의 슬픔을 안겨준 그대, 그리움을 품고 살아가는 사람……. 그들 모두가 이 사회에 반드시 필요한 존재입니다. 우리는 수많은 만남을 통하여 많은 것을 배울 수 있습니다.

나는 나 자신의 영혼과 맺어진 것들을 모두 받아들일 것입니다.

네 영혼에 뜨는 별 3

대부분의 사람들은 아름다운 꿈을 가지거나
그렇지 않으면 완전하게 미쳐버리는
운명의 갈림길 위에서 방황하고 있다
그렇게 하는 동안에도
하늘은 순간마다 변화하고 있다

이 사회를 구성하고 있는 사람들의 적응력은 아주 뛰어납니다. 그것은 언제나 커다란 놀라움과 경이로움의 원천이라고 할 수 있습니다. 사람들은 이 사회에 적응하며 살아가기 위하여 많은 것을 배우고 있습니다. 지식과 배움이라는 과정을 통하여 우리는 사회의 한 구성원으로 활동할 수 있기 때문입니다.

우리가 살고 있는 사회는 언제나 빠른 속도로 변하고 있습니다. 사람들은 뉴욕 시내의 고층 아파트와 양가죽으로 만들어진 몽고의 오두막에서도 알맞게 적응하면서 살아가고 있습니다. 각각의 환경 속에서 서로 다른 방법

으로 훌륭하게 살고 있는 것입니다.

사람들은 사막이나 늪, 배, 나무, 혹은 지하에서도 살아갑니다. 사람들의 놀라운 생존 본능은 환경에 적응하기 위한 능력에서 뚜렷이 나타납니다.

어떤 과학자들은 광기라는 것을 환경에 대한 적응 능력이라고 믿습니다. 여기에서 환경에 대한 적응 능력은 사람들이 필요로 하는 것을 얻는 기술이라고 할 수 있습니다. 사람들은 또 환상에 적응할 수도 있습니다.

우리는 무엇인가 부족한 것을 채우기 위하여 환상으로의 여행을 떠나기도 합니다. 때로는 환상이 우리에게 많은 것을 가르쳐 주기도 합니다.

나는 생을 아름답게 가꾸기 위하여 언제나 꿈을 안고 살아갈 것입니다. 그 꿈이 나의 미래를 환하게 비추고 있습니다.

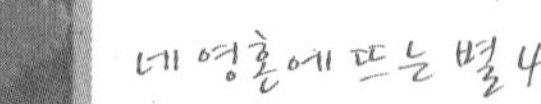

비극이란
우리의 불행을 거두어들이고
그것을 승화하고
그럼으로써 정당화시켜 주는 하나의 방법이다

낯선 행동은 특이한 마음 상태를 표현하는 것입니다. 우리가 흥겨운 콧노래를 부르거나, 흐느끼면서 울거나, 벽 위의 한 점을 노려보는 행동을 하는 것은 자신의 특이한 감정을 다스리기 위한 방법입니다.

하지만 대부분의 사람들은 자신의 행동 속에서 특이한 점을 발견할 때 그것을 억누르기 위하여 노력합니다. 그런 것들이 일탈을 의미하는 것이라고 생각하면서…….

많은 사람들은 평범한 인생을 살고 싶어합니다. 그렇기 때문에 이상한 행동에 대한 욕구를 억누르려고 하는 것입니다. 하지만 이상한 행동은 우리의 내부에서 무엇인가 특별한 일이 진행되고 있다는 사실을 의미합니다.

우리는 그 사실에 주목해야만 하는 것입니다. 자기 수용과 자기애는 우리를 질책하기보다는 마음의 상처를 치유하고 정화시킵니다.

내가 진정으로 원하는 것이 무엇인지 그 행동을 통하여 확인할 수 있습니다. 나를 희생하지 않으면서 이 세상을 살아갈 수 있어야 합니다. 나는 이 세상의 모든 것입니다.

나는 이색적인 것도 받아들일 수 있습니다. 그것은 다양한 인간미 중의 하나일 뿐입니다.

네 영혼에 뜨는 별 5

사랑이나 미움의 행위조차
우리가 고립되어 있지 않다는 발견만큼이나
감동적이지 못할 것이다

어느 시기에는 사이좋게, 어느 시기에는 서로 다투기도 하면서 우리는 다른 사람들과 함께 살아갑니다. 사람들이 언제나 서로의 화합을 깨닫고 있는 것은 아니지만 그것을 인정하기 위하여 노력한다면, 우리는 함께 살아가는 여행의 안락함을 느낄 수 있을 것입니다.

다양한 삶의 형태가 우리를 둘러싸고 있습니다. 그것을 유지하고 있는 유일한 힘은 바로 사랑입니다. 진정한 사랑이 우리의 영혼을 감싸고 있는 것입니다.

우리는 모두가 함께 하는 여행을 통해서, 다른 사람들과 같이 걸어가는 일에 대하여 감사할 수 있는 용기를 얻게 됩니다. 우리는 어떠한 경우에도 혼자서 여행을 할 수는 없습니다. 쓰러지면 서로를 잡아주고, 지치게 되면 서

로를 부축하면서 걸어가야 하는 것입니다.

모든 창조물은 그것을 완성하기 위한 각 부분의 기여로 인하여 만들어집니다. 수많은 단어들이 모여서 하나의 문장을 구성하게 되며, 여러 개의 문장이 모여서 한 권의 책을 만들고 있는 것입니다. 우리의 얼굴에 눈이나 코가 없다면, 그것은 올바른 형태의 얼굴이라고 할 수 없습니다.

내가 존재하지 않는다면, 이 세상 역시 올바른 형태를 유지할 수 없게 되는 것입니다.

나는 이 세상의 모든 것이고, 이 세상 역시 나의 모든 것입니다. 이 세상은 나의 존재로 인하여 이렇게 움직일 수 있습니다.

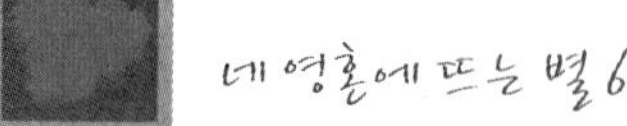

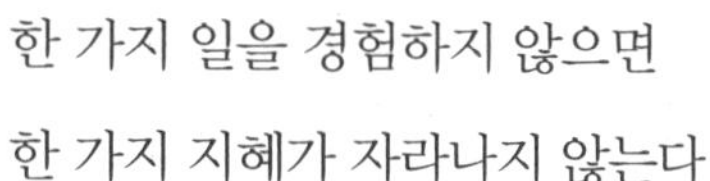
한 가지 일을 경험하지 않으면
한 가지 지혜가 자라나지 않는다

혼자의 힘에 의존하거나 사회로부터 철저하게 고립되어 있다면, 우리는 위태로운 상황을 도저히 피할 수 없게 될 것입니다. 힘겨운 고독이 우리를 감싸고 있는 곳……. 나 혼자만의 '섬'은 불안하기 때문입니다.

우리는 고립의 섬에서 화해의 바다로 나와야 하는 것입니다. 지금은 열심히 배를 만들고 돛을 올려야 하는 시기라고 할 수 있습니다. 순풍이 돛을 펄럭이고, 모든 사람들이 나를 기다리고 있습니다.

나는 다정한 친구의 손을 마주 잡게 될 것입니다. 나 역시 다른 사람의 친구가 됩니다.

우리는 상호 의존적인 관계를 맺고 있습니다. 그것이 우리가 이 세상에 존재하는 이유라고 할 수 있습니다. 우리는 언제나 다른 사람들과 화합을 하면서 살아갑니다.

그리고 우리의 화합은 영원할 것입니다. 화합의 손은 우리의 영혼을 더욱 아름다운 것으로 만들게 될 것입니다.

우리를 서로 연결하고 있는 것은 사랑입니다. 우리의 마음은 사랑을 받아들이기 위하여 활짝 열려 있습니다.

우리가 서로 화합하고 있다는 사실을 때로는 느끼지 못할 경우도 있습니다. 하지만 나는 그 사실을 믿습니다.

네 영혼에 뜨는 별 7

나는 진보라는 것이
그렇게 빨리 다가오는 것도
그렇게 쉽게 성취되는 것도 아니라는
사실을 배우게 되었다

우리의 목표 중에는 별로 어렵지 않게 달성되는 것도 있습니다. 하지만 어떤 목표는 굉장한 체력과 강인함을 요구하기도 합니다. 또한 끊임없는 인내심과 기꺼이 참고 기다리는 것을 필요로 하는 목표도 있습니다. 그러나 이 목표는 대부분의 경우에 실패의 가능성을 안고 있는 것입니다.

우리는 절대로 마지막 순간의 결과에 대하여 확신할 수 없습니다. 확실한 것은 오직 우리의 노력뿐입니다. 그러나 한 가지 분명한 사실은, 최선을 다한 노력이 커다란 진보를 가져올 수 있다는 것입니다.

인생은 하나의 과정입니다. 우리는 배우고 성장하면

서 조금씩 조금씩 목표를 향해 앞으로 걸어갑니다. 그리고 잠시 동안 걸음을 멈추는 일 또한 필요한 시기가 있습니다.

사실 우리가 걸어가는 여정에는 휴식기가 반드시 포함되어 있습니다. 거듭 실수를 저지르는 것도 더욱 성숙하기 위하여 반드시 거쳐야 하는 과정입니다.

앞을 보고 나가려면 많은 에너지가 소모됩니다. 감정적으로나 정신적으로 그리고 영적으로, 심지어 육체적인 에너지까지 필요하게 되는 경우가 있습니다. 건강한 사람은 항상 성장하는 과정 속에 있습니다. 우리의 성장은 바로 과정 자체와 직결되어 있는 것입니다.

고난이 나에게 도전을 하더라도 나는 한걸음 더 나아갈것입니다.

네 영혼에 뜨는 별 8

당신이 지식을 원한다면
주위의 환경을 변화시키는 실천에
적극적으로 참여해야 한다
과일의 맛을 알고 싶다면, 직접 그 과일을 먹음으로써
과일의 형태를 변화시켜야 하는 것이다

사물의 진정한 의미를 담기에는 우리의 어휘가 너무 빈약합니다. 머릿속의 지식만으로 알고 있는 것은 우리가 직접 체험으로 알게 되는 것과 같은 의미가 아닌데, 우리는 다만 '알고 있다' 라는 단어를 쓰면서 두 가지 의미를 모두 표현합니다.

우리는 우주가 무한하다는 사실을 머리로 '알고' 있습니다. 그렇지만 그 우주를 마음으로, 정신으로, 우리 신체를 이루는 핵의 본질로 경험하기 전까지는 우주가 무한하다는 의미를 모르고 있는 것입니다. 우리는 그것을 '알 수가 없습니다.' 그리고 이것은 분명한 사실입니다.

완전한 지식은 변화를 의미합니다.

무한성의 경험은 우리의 영혼을 비롯한 모든 것을 변화시키게 됩니다. 한 번 우리가 무슨 일을 경험하면, 우리는 그 일을 경험하기 이전의 사람이 아닙니다.

우리의 삶은 언제나 변화하고 있습니다. 변화하는 삶을 따라 우리의 존재도 더욱 가치있는 것으로 이끌리게 됩니다. 변화의 시간으로 우리의 지느러미를 움직일 수 있도록 하십시오.

생각의 지느러미가 헤엄쳐 가는 곳, 그곳에 우리의 미래가 있을 것입니다.

나는 이 세상을 변화시킬 수 있습니다. 나는 더 적극적으로 현실의 공간을 향하여 달려갈 것입니다.

대중문화가 조작한 말은 항상 빈혈증에 걸려 있다
그 말들은 죽은 말이고
많은 것을 의미하지도 않는다
그 단어들은 말을 한다기보다는 오히려 감춘다

우리는 많은 것을 이해하면서 살아갑니다. 하지만 완전히 이해하지 못한 것들도 너무나 많습니다. 어느 정도 압제와 부정을 이해할 수 있지만 그러나 우리의 가슴으로, 피부로, 뼈로 그것을 경험하기 이전까지는 진정으로 이해했다고 할 수 없는 것입니다.

머릿속에서만 알고 있는 것은 우리에게 유용한 것이 아닙니다. 변화가 살아 있는 삶은 진정한 실천 속의 삶입니다. 그리고 때때로 우리가 진정한 앎을 획득하기 위해서는 우리 스스로 변해야 합니다.

우리가 잘못된 방향으로 살아가고 있다는 것을 인식했다면, 우리는 이 삶을 반드시 변화시켜야 하는 것입니다.

우리는 성장함에 따라 지속적으로 변하고 있습니다.

우리의 정신적인 진보는, 우리가 진리에 더욱 가까이 다가설 수 있도록 도와주는 작은 변화들의 증거이자 소중한 기록입니다.

그렇습니다. 나는 진보하고 있는 것입니다.

나는 변화를 두려워하지 않을 것입니다. 변화는 나에게 필요한 지식을 가져다주기 때문입니다.

네 영혼에 뜨는 별 10

우리의 모습을 다른 것으로
가정해야 하는 싸움은
우리의 모든 기력을 빼앗아 버린다

우리는 무엇인가 부족한 삶을 두려워하면서 살아갑니다. 그리고 다른 사람이 우리에게 걸고 있는 기대에 맞추기 위하여 짐짓 자신을 가장하면서 지냈던 경험도 있습니다.

이러한 과정 속에서 우리는 항상 허위와 위선의 가면을 쓰고 살아갑니다. 하지만 가장 중요한 진실은, 나 자신이야말로 우리가 필요로 하는 바로 그 사람이라는 것입니다. 무엇인가 부족하거나 모자라는 사람은 아무도 없습니다.

다만 우리 모두 완벽한 존재가 아닐 뿐입니다. 우리의 인생은 성장과 발전을 위한 새로운 지식과 새로운 가능성을 제공하고 있습니다.

우리는 적절한 시기에 적당한 자리에 와 있다고 믿어야 합니다. 성공하는 데 필요한 모든 준비를 갖추고 있는 것입니다. 다만 초조함 때문에 지금 이 순간에 초점을 맞추지 못하고 있을 뿐입니다.

현재와의 완전한 교류를 통하여 우리는 감정적으로나 정신적으로 보다 크게 성장할 수 있으며, 잠재된 모든 가능성을 일깨울 수 있는 것입니다.

나는 내가 필요로 하는 전부입니다. 언제나 이 사실을 기억하고 있어야만 합니다.

나의 임무는 나 자신의
내면과 외면의 공허를 인식하는 것이다
그리고 그것을 다시 채우는 일이다

무엇인가에 대한 공허감이 우리를 엄습하는 시간이 있습니다.

무엇 때문에 나는 비어 있는 것일까?

충만하게 채울 수 있는 방법은 무엇일까?

우리는 소외감을 느끼면서 살아가고 있습니다. 내가 혼자서 이 세상에 버려져 있다는 생각은 좀처럼 사라지지 않습니다.

나 혼자 남아 있는 것일까?

나를 진정으로 이해할 수 있는 사람은 아무도 없을까?

나의 영혼은 성장을 멈추어버린 것이 아닌가?

사랑은 나의 곁에서 떠난 것일까?

우리는 회사나 모임, 혹은 친구들과 함께 있으면서도

소외감을 느끼고 있습니다. 소외감에서 벗어나려면, 무엇보다도 자신의 내면세계를 풍요롭게 가꿀 수 있어야 합니다. 자신의 내면을 돌아보면서 정신적인 힘을 기르고, 소외에서 벗어날 수 있는 사랑을 배워야 하는 것입니다.

비어 있는 내면을 다시 채우게 되었을 때, 소외를 가져오는 외부세계의 위협은 점점 줄어들고 나중에는 완전히 사라지는 것입니다.

사랑이 넉넉한 영혼은 우리의 힘이고 희망입니다. 우리는 언제나 사랑의 손길에서 커다란 위안을 받습니다. 사랑은 우리를 편안하게 해줄 것입니다.

나의 마음속에서 사랑이 자라나고 있습니다. 나는 더 이상 외로움이나 두려움을 느끼지 않습니다.

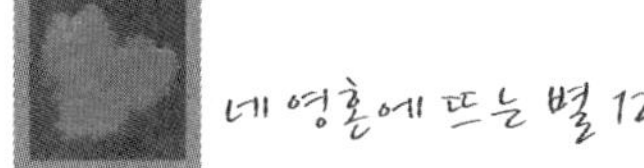

달리 할 일 없었던
그날 오후는 정말 길었다

우리에게 주어진 시간을 어떻게 느끼고 있는가? 이 문제는 전적으로 우리의 태도에 달려 있는 것입니다. 만약 우리가 시간에 충실하고 한순간이라도 철저하게 사용한다면, 결코 지루하거나 낙심하는 일이 없을 것입니다. 부정적인 생각에 빠지는 가장 확실한 지름길은, 과거에 집착하거나 미래에 대한 환상을 가지고 현재를 부인하는 것입니다.

과거는 어떠한 방법으로도 뒤바꿀 수 없는 것입니다. 미래는 사전에 예측하거나 통제할 수 없습니다. 우리가 최선을 다할 수 있는 것은 오직 현재의 행동과 자세뿐입니다. 우리가 소중하게 여기는 모든 것과 우리의 꿈, 계획, 그리고 희망을 지금 사랑하지 않으면 어느 순간에 그런 것들은 무의미한 것으로 변하게 됩니다.

지금 당장 어떻게 행동할까 하는 문제가 가장 중요한 것입니다. 불확실한 전화를 기다리면서 빈둥거리거나, 내일부터 다이어트를 하겠다고 생각하면서 지금 아이스크림을 먹고 있다면, 우리는 스스로 세운 최상의 계획을 모두 취소하고 있는 것입니다.

나는 이 순간에 집중할 것입니다. 그렇게 한다면, 미래의 문은 기적처럼 저절로 열리게 됩니다. 지금 이 순간부터 성실하게 살아간다면, 나는 멋진 출발을 하는 것입니다.

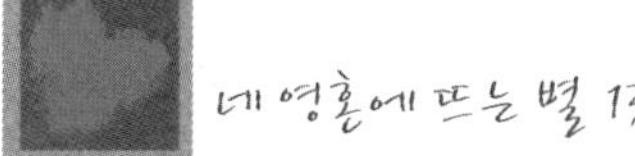

우리의 손에는 붓과 물감이 들려 있다
아름다운 낙원의 풍경을 그려라
그리고 낙원 속으로 들어가라

매일의 경험과 몽상 속에서 우리는 자신이 열망하는 것을 찾아내고 있습니다. 나는 이 세상에 반드시 필요한 사람이며 무엇인가 의미있는 일을 할 수 있다는 신념 속에서 즐거운 얼굴로 하루를 맞이한다면, 미래는 밝은 희망과 꿈을 약속할 수 있습니다.

우리가 반드시 기억해야 할 것은, 하루하루가 우리가 기대하고 있는 만큼의 희망만을 약속하고 있다는 것입니다. 그러므로 우리는 무엇인가를 창조하고 있는 자신의 모습을 항상 마음속에 간직하고 있어야 합니다.

이 세상이 나에게 제공하는 공간 속에서 내가 무엇인가를 창조하고 건설한다는 것은 무척 소중한 일입니다. 나의 존재는 내가 그린 그림으로 인하여 이 세상에 남겨

질 수 있는 것입니다.

우리는 더 아름다운 그림을 그릴 수 있습니다. 슬픔이나 후회 대신에 행복을 선택하는 일은 바로 우리 자신의 손에 달려 있습니다.

그런데 무엇 때문에 불행을 선택하는 것일까요?

행복에 대한 믿음이 있다면, 우리가 행복하지 못할 이유는 아무것도 없습니다. 지금부터 행복에 대한 강한 믿음을 키워나가야 하겠습니다.

나는 진정 행복합니다. 아름다운 풍경화 속으로 나는 천천히 들어갈 것입니다. 그림 속에서 나의 미소가 빛나고 있습니다.

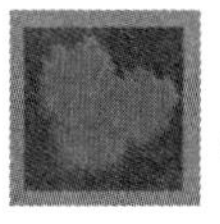

네 영혼에 뜨는 별 14

신념은 인간에게 가장 중요하다
그러나 아무리 굳건한 신념을 지니고 있더라도
다만 가슴속에만 품고 있다면 아무런 소용이 없다
반드시 자신의 신념을 실천할 수 있는 용기가 필요하다
여기에 비로소 신념이 생명을 갖게 되는 것이다

우리는 자신의 결점을 잘 알고 있습니다. 또한 과거에 저지른 수치스러운 행동과 실수를 모두 기억하고 있습니다. 그리고 결점이 없는 순수한 사람만이 행복해질 수 있다고 믿습니다.

하지만 아무런 결점도 없는 사람이, 그래서 행복한 사람이 과연 이 세상에 존재하고 있을까요?

우리는 인간입니다. 그것은 실수를 저지르는 것이 아주 당연하고 지극히 정상적이라는 사실을 의미합니다.

인생을 보는 지혜는 이러한 사실을 완전히 이해할 때 비로소 생겨나는 것입니다. 그리고 이와 동시에 행복이야

말로 우리의 타고난 권리라는 사실을 믿을 수 있습니다.

우리에게 필요한 것은 행복에 대한 믿음뿐입니다. 우리는 이 사실을 믿으면서 실천할 수 있어야 하는 것입니다. 믿음이 생명을 갖게 될 때, 우리는 영원한 사랑의 입구로 들어갈 수 있습니다.

사랑의 출구는 어디일까요? 그곳에 행복이 우리를 기다리고 있습니다.

내가 바라는 모든 것을 미래가 나에게 안겨줄 것입니다. 행복은 그 자체만으로도 소중합니다.

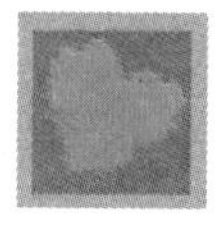

네 영혼에 뜨는 별 15

상상력은 과학이 지니지 못한
놀라운 힘을 발휘한다
그것은 바로 죽은 것에 생명을 불어넣는 능력이다

목표를 성공적으로 이루는 장면을 거듭 상상하고 있으면 실제로 목표 달성이 더욱 쉬워지게 됩니다. 운동 경기나 학업에서, 혹은 식사를 준비하는 일에서 성공에 대한 상상은 목표 달성을 위한 정신력을 길러주는 것입니다.

테니스 코트에 들어서면, 우아한 자세로 하늘 높이 뛰어올라서 라켓으로 공을 힘차게 받아치는 자신의 모습을 상상해야 합니다. 면접 시간이 다가왔을 때 면접관의 질문에 자신감이 넘치는 목소리로 대답하는 자신의 모습을 상상하면서, 우리는 불안감을 어느 정도 해소하게 됩니다.

만약 우리의 상상력을 효과적으로 사용한다면 모든 일에 대비할 수 있습니다. 하지만 상상력을 제대로 통제하

지 못하면 엉뚱한 방향으로 흘러갈 수도 있습니다.

어느 누구도 우리의 마음속에서 일어나는 무섭고 사나운 생각들을 진정시켜 줄 수가 없습니다. 하지만 우리가 나 자신에게 긍정적인 암시를 주지 않는다면, 다른 사람의 부정적인 생각을 쉽게 흡수하기도 합니다.

하지만 그런 일은 나의 힘으로 충분히 막아낼 수 있습니다.

근심의 영역에서 완전히 자유로운 날은 단 하루도 없습니다. 근심에서 벗어나는 것, 그것은 전적으로 나의 마음에 달려 있는 문제입니다. 나는 상상력을 현명하게 이용할 것입니다.

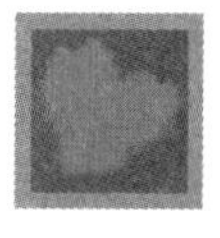

쓰러지고 절망했을 때
홀로인 자에게 슬픔이 있으리라
그를 도와줄 자가 없기 때문에……

만약 우리가 주위의 사람들에게 무관심하고 모든 관계를 단절한 채 살아간다면, 그것은 의식적인 선택에 의한 결과라고 할 수 있습니다. 다른 사람에게 가까이 다가가는 일은 결코 쉬운 것이 아닙니다.

하지만 언제나 우리의 손을 기꺼이 받아들이는 그 누군가의 손이 기다리고 있습니다. 우리 모두는 자신만의 독특한 재능을 다른 사람에게 나누어주도록 창조되었습니다. 우리가 다른 사람에게 무관심하기로 결정한다면, 그것은 우주 전체의 순리를 거부하는 일입니다.

가족과 친구, 그리고 가까운 이웃들이 신의 섭리에 의해 우리에게 선물로 주어진 것이라는 사실은 정말 놀라운 일입니다. 우리는 다른 사람과의 사랑과 우정을 통해

많은 교훈을 배우고, 또한 서로에게 선생님이 되어주기도 하는 것입니다.

만약 우리를 부르는 사람들이 있는 곳에서 멀리 떨어져 나온다면, 그들뿐만 아니라 우리 자신에게도 성장할 수 있는 기회를 빼앗는 것과 마찬가지라고 할 수 있습니다.

우리는 서로를 필요로 합니다.

우리는 신의 섭리에 의해 다른 사람의 세계와 인연을 맺게되는 것입니다. 나는 그 놀라운 마술을 경험하고 있습니다.

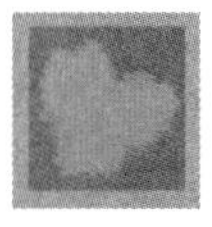

나 이외에는 아무도
나에게 상처를 입힐 수 없다
내가 겪는 모든 경험은
나를 더욱 성숙한 인간으로 만들 것이다

우리는 흔히 이렇게 말하고 있습니다.

"그녀가 내 마음에 상처를 입혔어."

"내가 그에게 상처를 입히게 되지 않을까?"

하지만 우리가 도와주지 않는다면 어느 누구도 우리에게 상처를 입힐 수 없습니다. 우리가 스스로 허락하지 않는 한, 다른 사람의 행동은 우리에게 아무런 영향도 미칠 수 없기 때문입니다. 우리가 그것을 무기로 인정하지 않는 한, 어떤 말도 우리에게 상처를 줄 수 없습니다.

우리가 흔히 '상처'라고 부르는 경험들은 사실상 '삶에 대한 깨달음'이라고 할 수 있습니다. 특히 젊은 시절에 우리의 자만심은 어떤 변화도 용납하지 않으려고 합

니다.

그러므로 행동의 변화까지 일으키는 깨달음이란 종종 마음에 깊은 상처를 주는 것입니다. 우리가 겸손을 배우게 되면 좀더 쉽게 자신의 마음을 다스릴 수가 있습니다. 그리고 다른 사람으로 인해 고통을 받지 않는 법을 배우게 됩니다.

모든 경험은 반드시 우리에게 중요한 교훈을 남겨줍니다. 우리가 배우려고 하는 자세를 갖추고 있다면…….

지혜에는 언제나 고통이 따르는 법입니다. 아마도 지혜의 대가는 고통인지도 모릅니다. 하지만 모든 지혜는 우리의 삶을 고양시켜 주는 것입니다.

나는 나의 고통을 이해하고 내 인생의 가치를 발견할 것입니다.

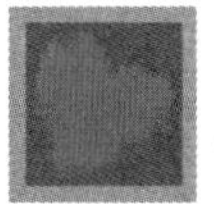

네 영혼에 뜨는 별 18

모든 의사들은
가장 자신있게 치료할 수 있는 질병을
한 가지 정도 가지고 있다

우리는 혹이나 염증이 생겼다고 해서 치과 의사를 찾아가지 않습니다. 그것은 신선한 과일을 사기 위하여 철물점으로 들어가지 않는 것과 마찬가지라고 할 수 있습니다.

대체로 우리는 자신이 원하는 것을 찾기 위해 어디로 가야 하는지 잘 알고 있습니다. 그런데 어째서 우리는 그것을 줄 수 없는 사람에게 그 무엇인가를 달라고 고집을 부리는 것일까요?

우리가 다른 사람으로부터 그런 요구를 받게 된다면, 그것이 비합리적인 요구라는 사실을 알게 됩니다. 하지만 우리 자신이 그런 요구를 할 때에는 아무것도 깨닫지 못하는 경우가 많습니다.

부모는 어린아이에게 어른과 같은 판단력을 요구하며, 어린아이들은 부모들에게 성자와 같은 완벽함을 요구합니다. 또한 친구나 연인에게는 변하지 않는 애정과 사랑을 요구합니다.

그러나 현실은 우리에게 이런 사실을 가르치고 있습니다. 만약 우리가 무엇인가를 원한다면 그것이 있을 만한 곳으로 달려가서 원하는 것을 구하라고…….

그렇게 하고 싶지 않다면, 이가 흔들릴 때 외과 의사를 찾아가서 치료를 받아야 할 것입니다.

내가 원하는 것이 있는 장소에서 원하는 것을 찾아야 합니다.

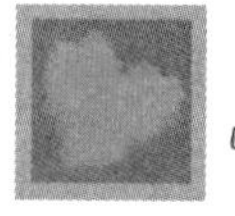

네 영혼에 뜨는 별 19

대부분의 사람들은 자의식이 생기면
자신에 대한 비판을 시작한다

최선의 노력을 다하지 않는 경우가 있습니다. 자신의 내부에서, 혹은 다른 사람의 영혼 속에서 완전함을 발견하지 못하면 우리는 불만을 갖게 됩니다. 모든 사람이 약점을 가지고 있다는 사실을 잘 알면서도 말입니다.

비판은 우리에게 제2의 천성입니다.

그런데 비판은 비판하는 사람과 비판을 당하는 사람 모두에게 부당한 것입니다. 모든 인간이 갖고 있는 자기 이미지는, 좋은 방향으로 작용하면 인생의 성공과 행복을 가져다줄 수 있습니다.

그러나 비관이나 부정적인 사고와 같이 나쁜 방향으로 흘러간다면, 우리의 마음속에 뿌리박힌 강한 독성의 존재는 조용히 꿈틀거리다가 가시 돋힌 말 한 마디 한 마디의 그 날카로운 발톱으로 마음의 밑바닥을 깊게 파고 들

어와서 우리의 영혼을 해치게 되는 것입니다.

우리는 서로의 영혼을 소중하게 가꿀 수 있어야 합니다. 서로의 삶에 대하여 애정을 품고 있을 때, 우리는 더욱 아름다운 생명의 찬가를 부를 수 있을 것입니다.

지금은 비판보다 사랑이 필요한 시기입니다. 나는 삶의 소중함을 깨닫기 위하여 노력할 것입니다.

사람은 누구나 착한 일을 하기 위하여
자기 자신을 높이고 발전시키지 않으면 안 된다
올바른 목적을 달성하는 것,
그것이 바로 인생의 의미라고 할 수 있다

우리는 행복으로 향한 길을 올바르게 걸어가지 못하고 이리저리 방황하는 경우가 많습니다. 하지만 그 길이 잘못되었다는 사실을 발견하게 되었을 때, 다행스럽게도 우리는 지금 나아가고 있는 방향과 생각을 바꿀 수 있는 개인적인, 때로는 사회적인 힘을 지니고 있습니다. 우리의 올바른 판단과 다른 사람의 건전한 충고의 힘…….

행복은 작은 것에서 비롯되는 것입니다. 항상 마음이 평온한 가운데 잔잔한 열락을 줄 수 있는 행복.

행복이란 결코 커다란 조건들을 필요로 하는 것이 아닙니다. 행복을 느끼려고, 받아들이려고 노력하는 사람에게는 언제나 그 문이 활짝 열려 있는 것입니다.

우리 자신에게, 그리고 다른 사람에게 향한 적극적이고 긍정적인 자세는 엄청난 힘을 발휘하게 됩니다. 부정적인 판단을 적극적인 사고로 바꾼다면, 우리의 인생은 긍정적인 결과를 보증하게 됩니다.

나는 자아에 대한 비판이나 칭찬을 할 수 있습니다. 나는 두 가지 중에서 무엇을 선택할 것인가요? 무엇을 선택할 것인가에 따라 나의 성공이 좌우될 것입니다.

네 영혼에 뜨는 별 21

나는 언제나 유혹에 굴복하는 것보다
저항하는 것이 더욱 쉽다는 사실을 경험한다
유혹에 저항하는 것이 훨씬 실용적이며
문제가 발생하는 동기를 전혀 일으키지 않는다

어떤 유혹을 아무런 미련도 없이 버릴 수 있다면, 그것은 우리를 아주 강렬하게 유혹할 수 없는 유혹이라고 말할 수 있습니다.

유혹의 장력이 그렇게 강하지 않다는 것입니다. 사실 우리는 그것을 유혹이라고 느끼지 못하는 경우가 많습니다. 예를 들면 무력증이나 자기를 과장하고 싶은 유혹입니다.

유혹을 방종과 동일한 의미로 인식하는 것은 엄격한 청교도적 유산 때문입니다. 우리는 흔히 일상적인 방종에 대항하는 데 어느 정도의 준비가 되어 있습니다. 즉흥적인 연애, 사과파이 한 조각, 한 시간 정도 더 잠자는 것

과 같은 유혹의 손길에서 벗어날 수 있는 것입니다.

하지만 어떻게 보면 너무 평범한 유혹에 대하여 우리가 저항할 수 있는 힘은 아주 미약합니다. 우리는 그런 유혹들을 유혹이라고 느끼지 못하기 때문에, 아무런 생각도 없이 쉽게 굴복하고 마는 것입니다. 이러한 사소한 유혹들이 나중에는 분노를 일으키게 되거나, 마음의 문을 굳게 닫도록 만들어버리는 것입니다.

우리는 사랑의 감정, 동정, 이웃과의 교섭과 같은 긍정적인 것들을 억압하려는 무서운 유혹에 끊임없이 저항해야 합니다.

나는 모든 유혹에서 벗어날 수 있는 힘을 길러야 합니다. 나는 유혹에 저항할 수 있는 방법을 알고 있습니다. 그것은 나의 정신을 더욱 풍요롭게 가꾸어나갈 것입니다.

네 영혼에 뜨는 별 22

모든 인간의 마음속에는
소크라테스의 정신이 존재한다
그 정신이 보내는 신호에
순종하는 사람들은 현명하다

우리는 우리가 결정하는 것에 대하여, 그리고 우리가 취하는 행동에 대하여 몹시 당황할 때가 있습니다. 우리는 자신의 마음속에서 들려오는 목소리를 들으면서 인생의 지침을 세우거나, 미래의 위험에 대한 경계 신호로 받아들입니다.

하지만 내면의 목소리를 받아들이기보다는, 그 내적인 울림을 무시하거나 아예 듣지 않으려고 하는 경우가 많습니다.

내면의 울림을 우리는 양심이라는 말로 정의를 내릴 수도 있습니다. 그러나 그런 정의보다 더 중요한 것은, 우리가 그것의 존재를 인정하고 매우 가치 있는 것으로 여

기는 일입니다.

우리의 내면에서 들리는 목소리는 정신적인 세계와 특별한 관계를 맺고 있습니다. 그것은 우리의 영혼을 하나로 연결시키고 있는 것입니다. 모든 영혼은 자연의 노래를 부르고 있습니다. 자연은 영혼의 고향입니다.

내면의 울림에 대하여 주의 깊게 자신의 귀를 기울이거나, 그렇지 않으면 무시하는 것은 우리가 마음대로 선택할 수 있습니다.

자, 이제 당신은 두 갈래의 길 가운데 어떤 방법을 선택할 것인가요?

나는 영혼이 들려주는 지혜의 노랫소리에 귀를 기울일 것입니다. 화음이 나를 평온하게 만들고 있습니다.

네 영혼에 뜨는 별 23

행복을 얻는 유일한 길은
행복을 인생의 목적으로 삼지 않고
행복 이외의 다른 것을 인생의 목적으로 삼아
열심히 노력하는 과정 속에 깃들여 있다

어떤 문제에 대하여 우리가 쉽게 결론을 내리지 못하고 있을 때, 내면에서 현명한 목소리가 들려옵니다. 우리는 내면의 목소리를 믿지 않을 수도 있습니다. 하지만 내면에서 들리는 목소리가 우리에게 해로움을 끼치게 되는 경우는 드물 것입니다.

우리의 정신은 자아에게 많은 도움을 줍니다. 우리가 호의를 가지고 내면의 목소리에 친근감 있는 태도를 보이게 될 때, 그리고 정신의 충고에 따라 행동할 만큼 충분히 내면의 목소리를 신뢰하게 될 때, 우리는 우리가 취하는 행동에 대해 안전함과 편안함을 실감할 수 있을 것입니다.

내면의 목소리는 우리에게 안정과 지혜를 안겨줍니다.

우리는 나 자신이 혼자가 아니라는 사실을 발견할 것입니다. 자신의 주변에 나 이외에 아무도 없다는 생각이 들 때에도 우리는 혼자가 아닙니다.

우리는 언제나 우리 모두가 올바른 방향으로 나갈 수 있도록 격려해 주는 정신적인 힘과 굳게 연결되어 있는 것입니다.

어떠한 어려운 상황 속에서도 길잡이가 나를 인도한다면, 그리고 길잡이의 안내에 따라 우리가 걸어간다면, 어려운 상황은 보다 쉽게 해결될 수 있습니다. 나는 내면의 울림에 귀를 기울이고 있습니다.

그 자체가 하나의 완전한 섬이라고
할 수 있는 사람은 아무도 없다
우리는 모두 거대한 대륙의 일부분이며
한 조각인 것이다

우리의 문제는 다른 어느 누구에게도 일어나지 않을 단독적인 것처럼 보입니다. 이렇게 힘들고 고통스러운 일은 이 세상에서 오직 나만이 겪는 것처럼 느끼는 것입니다.

우리는 안간힘을 쓰면서 최선을 다해보지만, 결국 나 혼자뿐이라는 것을 깨닫게 됩니다. 우리는 모든 문제들을 나 혼자의 방식으로 해결해 나갑니다.

그러나 우리의 문제 중에서 다른 사람의 영향권으로부터 벗어날 수 있는 문제는 하나도 없습니다. 모든 문제가 다른 사람과의 관계 속에서 이루어지는 것입니다.

나 혼자서 할 수 있는 일은 아무것도 없습니다. 내가

내미는 손을 다른 사람이 잡고 다른 사람의 체온을 내가 함께 나눌 수 있을 때, 우리는 이 사회의 모습을 더욱 환하게 만들 수 있는 것입니다.

우리는 인생의 썰물과 밀물이 다가오는 시간을 알고 있습니다. 나의 능력을 바탕으로 하지만 그와 동시에 다른 사람과의 관계 속에서 상호적으로 대응함으로써, 우리는 인생의 문제를 서로 분담하는 운명공동체인 것입니다.

나의 손이 다른 사람의 손을 잡으면 거대한 인간 사슬이 만들어지게 됩니다. 그 사슬은 사랑으로 만들 수 있는 것입니다.

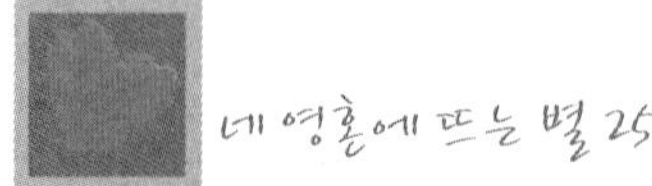

이 세상이 천국이었던 적은 없었다
물론 과거의 시절이 더욱 좋았지만
지금이 지옥이라는 것은 아니다
세계는 어느 시기에나 불완전한 것이기 때문에
그것을 견뎌내면서 더 가치있는 것으로 만들기 위해
사랑과 신념이 필요하다

우리는 이 세상을 더불어 살아가고 있습니다. 내가 마시는 공기를 다른 사람이 호흡하고 있는 것입니다.

서로 숨결을 나누면서 살아가는 사회……. 그 얼마나 아름다운 모습일까요. 하지만 우리는 많은 문제를 안고 살아갑니다. 아주 쉽게 해결할 수 있는 경우도 있지만, 좀처럼 풀리지 않는 문제도 있습니다.

그러나 모두가 운명을 함께 분담하고 있다는 인식을 하게 되면, 우리는 날마다 부딪히게 되는 문제를 더욱 쉽게 헤쳐나갈 수 있습니다. 우리는 혼자가 아니며, 다른 사람

의 운명에 함께 소속되어 있습니다. 또한 우리의 인생 경험은 다른 사람의 인생 경험이기도 하며, 따라서 아무런 의미도 없는 다른 사람의 인생이란 있을 수가 없습니다.

우리의 존재는 반드시 서로의 관계 속에서만 의미가 있습니다. 우리 모두가 배워야 할 것은 다른 사람이 짊어진 짐을 가볍게 해주는 일입니다. 인생의 모든 경험들, 그것들은 우리 모두에게 이익이 됩니다.

나의 삶은 주위에 있는 사람의 삶과 어울리면서 아름다운 화음을 이루고 있습니다. 모든 것들은 존재해야 할 이유를 가지고 있으며, 있어야 할 장소에 그리고 있어야 하는 시간 속에 놓여 있습니다.

네 영혼에 뜨는 별 26

이브가 사과를 땄을 때
잉태되었던 것은 죄가 아니었다
그날 태어난 것은
바로 불복종이라고 부르는 미덕이었다

양심의 자유는 귀중한 것입니다. 우리는 우리 자신이 올바른 일을 하고 있다고 느껴야 합니다. 때때로 이것은 노예 제도를 폐지하자고 주장하는 사람, 여성의 참정권을 확대하자는 사람, 그리고 그 밖의 수많은 양심적인 사람들이 행하는 것처럼 권위에 대한 불복종을 의미하고 있는지도 모릅니다.

우리의 마음속을 살펴보면, 모든 행동을 명령하고 통제하는 우리 자신의 정신적 권위라는 것이 존재합니다. 우리는 다른 사람이 이러한 나의 권위를 신뢰할 수 있도록 만들어야 합니다. 우리 자신에 대한 신뢰는 우리에게 '다른 사람의 신념도 존중해야 한다' 는 것을 가르쳐주고 있

습니다.

복종은 신뢰에 바탕을 두어야 합니다. 만약 이 말이 우리에게 진실로 받아들여진다면, 다른 사람에게도 이 말이 진실이라는 것을 이해할 수 있습니다. 왜냐하면 정신은 믿음보다 크고, 그리고 훨씬 관대하기 때문입니다.

나는 올바른 일을 하면서 살아가고 있습니다. 모든 사람들이 그 사실을 믿도록 만들 것입니다.

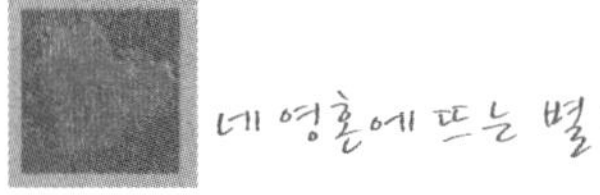

미래의 시간에는 과학이 그 자체의 힘으로
인류의 존재 여부를 좌우하게 될지도 모른다
그리고 인류는 세계를 폭파시킴으로써
스스로 자살을 할지도 모른다

이 말은 지금부터 백여 년 전에 헨리 아담스가 했던 것입니다. 헨리 아담스는 지금 처한 상태를 아주 정확하게 예언하고 있었습니다. 어떤 사람들은 '권력을 손에 쥐고 있는 사람이 핵전쟁의 끔찍한 파괴를 억제할 수 없을 것이다' 라고 믿습니다.

만약 미래를 선택할 수 있는 능력이 인간 정신의 위대함 속에 있다는 것을 우리가 믿는다면, 우리는 핵전쟁에 동의하는 일에 온 힘을 모아서 반대해야 합니다.

우리는 인류의 자살을 막기 위해 할 수 있는 모든 행동을 취해야 하는 것입니다. 그리고 가장 먼저 해야 하는 일은 지구상에서 전쟁을 추방하는 것입니다.

지구를 살릴 것인가?

아니면 지구를 파괴할 것인가?

평화의 고귀한 선택은 이제 전적으로 우리의 인간애에 달려 있는 것입니다. 이러한 선택을 할 수 있는 능력을 믿지 않고 절망하는 사람 중에는 뛰어난 지성인들이 많습니다. 그들은 우리 인류의 진정한 상담자가 될 수 없는 사람들입니다.

진실은 절망을 떨쳐내고 새로운 희망을 향하여 앞으로 달려나가는 용기라고 할 수 있습니다.

나는 희망의 샘물을 길어올릴 것입니다. 절망의 꽃이 사라진 자리는 폐허가 아닙니다. 그 자리에서 더 아름다운 꽃이 피어날 것입니다. 희망이라는 이름의 꽃이……

네 영혼에 뜨는 별 28

우리 모두의 마음속에는 낙원이 있다
지금 나의 마음속에도 역시 낙원이 자리를 잡고 있다
내가 원하기만 한다면
낙원이 나의 마음속에서 되살아날 것이다
나는 일생 동안 그 안에서 살아갈 수도 있다

평화, 사랑의 마음으로 모아지는 재생의 꿈.

우리는 모두의 마음속에 깃들여 있는 진실의 힘에 귀를 기울여야 합니다.

마음속의 진실, 그것은 우리가 필요로 하는 지혜입니다. 이것을 애국심으로 혼동해서는 안 됩니다. 애국심과 모두를 위한 사랑은 분명히 다른 것이기 때문입니다. 우리의 마음속에서 살아 숨쉬는 진실은 우리 모두의 삶의 터전을 보호하고 가꾸는 일입니다.

우리는 결코 절망하지 않습니다. 지구를 파괴하기에는 이 세상이 너무 아름답기 때문입니다. 우리는 어떠한 경

우에도 푸른 별을 포기할 수 없습니다.

우리는 하나입니다. 세계의 시민이라고 할 수 있는 것입니다. 전쟁은 지구의 인간 가족을 처참하게 파괴합니다. 냉소적인 비판보다는 서로에 대한 사랑이 필요한 것입니다.

내 영혼이 평온할 때, 나는 마음속에서 들리는 평화의 종소리에 귀를 기울일 수 있습니다.

네 영혼에 뜨는 별 29

너, 빛이여!

모든 별 중에서 가장 아름답구나……

어두운 밤하늘에서 가장 먼저 빛나는 별은 아주 아름다운 빛을 뿌리고 있습니다. 왜냐하면 가장 먼저 떠오르는 별이기 때문입니다. 낮이 밤으로 변하는 최초의 신호—우리는 그 별을 하나의 신호로 바라봅니다.

무엇이든지 처음으로 일어나는 일은 특별한 매력을 가지고 있습니다. 첫사랑, 아기의 걸음마, 입학, 직장의 첫 출근, 그것들은 커다란 변화를 의미하며 다시 취소하거나 처음으로 되돌아갈 수 없습니다.

낮이 밤으로 바뀌는 순간, 오늘 지나가는 시간은 절대로 돌아오지 않습니다 내일은 다시 새로운 날이 되고, 두 번 다시 반복되지 않을 것입니다. 만약 우리가 새로운 날에 새로운 사람을 만나고 새로운 경험을 할 수 있다면, 마치 그 하나하나를 처음으로 대하는 것처럼 우리의 생활

은 흥분과 모험으로 가득하게 될 것입니다.

오늘의 우리는 어제의 우리가 아닙니다. 시간이 흐를 때마다 우리는 조금씩 변하고 있는 것입니다. 우리의 삶 속에서 일어나는 사건들은 모두 새로운 것들입니다.

우리는 그 새로움을 맞이하기 위하여 앞으로 달려가야 합니다. 새로운 빛이 우리를 기다리고 있을 것입니다. 보십시오. 거기서 빛이 다가오고 있습니다.

우리가 만나게 되는 모든 순간이 최초의 것입니다. 그 것들은 모두 새로운 상태에 놓여 있습니다. 우리는 이 점을 잊지 말아야 합니다.

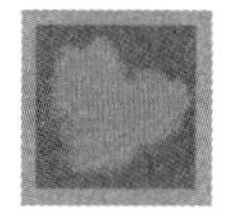

네 영혼에 뜨는 별 30

젊은 날의 삶이
그대로 사라지는 것은 아니다
인생의 황혼기 옆에서
편안하게 머무르고 있는 것이다

젊은 사람은 자기 자신이 되는 것보다 다른 사람이 되기 위하여 노력하는 경우가 많습니다. 그들은 낯선 장소에서 그곳의 원주민이 되어보고 싶어하는 것입니다.

혹은 여행자가 되어서 새로운 곳으로 떠나고 싶어합니다. 자기 자신의 모습에서 얼마 동안이라도 벗어나고 싶은 것입니다.

우리는 다른 사람과 자신을 동일시하려고 노력하며, 자기 자신으로부터 달아나서 다른 누군가로 변장하고 싶어합니다. 머리카락의 색깔을 바꾸고, 몸매를 바꾸고, 심지어 목소리까지 바꾸고 싶어합니다.

원하는 모양으로 외관을 꾸미거나 원하는 사람의 인생

을 표현하는 일은 어쩌면 몹시 자연스러운 일입니다. 그것은 자기 표현의 한 가지 방법일 수 있습니다.

그러나 우리는 태어날 때 자기 자신만의 유전인자를 가지고 있으며, 유아기 시절의 교육에 의해 자아가 이미 견고하게 형성되어 있습니다.

우리는 그렇게 만들어졌기 때문에 그렇게 형성된 것입니다. 비록 행동을 바꿀 수는 있겠지만, 우리는 우리의 부모를 선택할 수는 없습니다.

나는 운명의 힘을 받아들이고, 그 운명을 더 소중한 것으로 가꾸어나갈 것입니다. 내 운명의 밭을 가꾸는 사람은 바로 나 자신입니다.

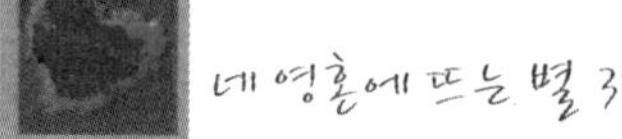

행복을 자기 자신 밖에서 찾으려고 하는 사람은
엉뚱한 길에 들어서게 된다
현재의 생활에서든, 혹은 미래의 생활에서든 간에
자기 자신 이외의 것에서 행복을 구하려는 것은
커다란 잘못을 범하는 일이다

젊은 시절에는 자신의 운명을 받아들여야 한다는 현실에 대하여 불평을 할지도 모릅니다. 그러나 중년에 이르게 되면 대부분의 경우에 우리는 자신을 그대로 받아들이고, 그 사실에 대하여 즐거워할 것입니다.

우리의 삶은 지금 이대로 사라지는 것이 아닙니다. 그 향기가 오랫동안 우리와 함께 할 것이기 때문입니다. 우리는 아름다운 인생을 살았던 사람의 여정을 따라가면서 은은한 삶의 향기를 맡을 수 있습니다.

행복의 비밀 가운데 하나는, 지금 있는 그대로의 내 모습을 좋아하고 사랑하는 것입니다. 그리고 사물의 옳고

그름을 선택할 수 있는 힘의 원천이 바로 나에게 있다는 원리를 깨닫는 일입니다.

이 세상의 주인은 '나' 라고 할 수 있습니다. 나를 알고 그대로 받아들인다는 것은 매우 중요한 일입니다.

우리의 가장 고귀한 행복은 바로 나 자신의 인격에 만족을 느끼는 일입니다. 내가 나를 믿을 수 있다는 것, 그것이 가장 커다란 행복이기 때문입니다.

나는 내가 지니고 있는 모든 장점을 최대한 발휘하기 위하여 노력할 것입니다. 그렇게 할 수 있는 나는 진정 행복합니다.

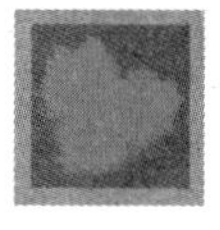

네 영혼에 뜨는 별 32

나는 진정한 '나'를 알기 위하여
주위의 모든 것을 둘러보았다
하지만 나는 고통 속의 나 자신을
발견하게 되었다

우리는 모든 허위를 벗어던진 다음 진정한 자신의 모습을 관찰하게 되는 것을 두려워하고 있습니다. 그리고 우리의 행동과 욕망을 조사하는 것도 여전히 불안합니다. 타락하고 이기적이고 시기심이 많은, 악의 늪지와 같은 자신의 모습을 발견하게 되는 것이 걱정스럽기 때문입니다.

하지만 우리의 영혼 속에는 악의 숨결이 깃들여 있지 않습니다. 우리는 인간 그 자체라고 할 수 있습니다. 다른 어느 것에 비하여 특별히 선하거나 악하지도 않습니다.

우리 모두는 자신을 불행하게 만드는 어느 한 부분을 가지고 있습니다. 자신의 어떤 부분에 대하여 열등감을

느끼게 될 때, 우리는 주위를 둘러볼 수 있는 여유를 잃어버리게 됩니다. 그리고 이런 결점을 가지고 있는 사람은 이 세상에서 오직 나 혼자뿐이라는 생각을 하게 됩니다.

"어째서 나는 언제나 이렇게 불안정하지?"

"나의 목소리는 몹시 거칠기 때문에 사람들이 싫어하고 있어."

"사랑하는 사람이 나의 병을 알게 된다면?"

우리는 당당하게 이 세상과 대면할 수 있는 용기를 잃어버리게 됩니다. 하지만 그것은 올바른 삶의 방법이라고 할 수 없습니다. 우리는 그것과 싸울 수 있어야 하는 것입니다.

나의 영혼 속으로 용기를 받아들이는 순간, 나는 모든 고통을 극복할 수 있습니다.

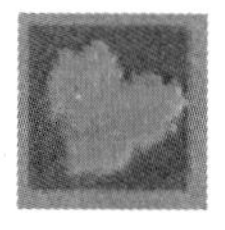

네 영혼에 뜨는 별 33

새로운 모험은 즐거움을 누리기 위해
우리가 추구하는 것이다
그것은 살아 있는 경험이며
인생의 진실이라고 할 수 있다

새로운 여행과 낯선 모험의 추구는 우리의 영혼을 성장시킬 수 있습니다.

새로운 산길을 개척하고 싶은 욕망, 아무런 간섭도 받지 않고 자유롭게 여행하고 싶은 기대는 과거의 경험이 축적됨으로써 얻어지는 것입니다. 나의 과거가 나의 현재를 만들어가고 있습니다.

우리는 많은 사건들을 경험하고 있습니다. 그 사건은 내가 흥미를 가진 것일 수도 있으며, 피할 수만 있다면 회피하고 싶은 상황일 수도 있습니다.

하지만 그 어떤 경우라고 하더라도, 우리는 새로운 차원의 경험을 다시 받아들이게 됩니다. 우리는 그것을 통

해 인생의 참다운 교훈을 얻을 수 있습니다.

우리의 잠재능력을 계발하는 데 꼭 필요한 경험은 지금도 존재할 것이고, 앞으로도 존재할 것입니다.

모든 경험은 나에게 커다란 의미를 던져주고 있으며, 신선한활력을 거듭거듭 불러일으킵니다.

혼자의 힘에 의존하거나 사회로부터 철저하게 고립되어 있다면,

우리는 위태로운 상황을 도저히 피할 수 없게 될 것입니다.

힘겨운 고독이 우리를 감싸고 있는 곳…….

나 혼자만의 섬은 불안하기 때문입니다.

우리는 고립의 섬에서 화해의 바다로 나와야 하는 것입니다.

지금은 열심히 배를 만들고 돛을 올려야 하는 시기라고 할 수 있습니다.

순풍이 돛을 펄럭이고, 모든 사람들이 나를 기다리고 있습니다.

내 푸른 영혼이 숨쉬는 곳

내 푸른 영혼이 숨쉬는 곳 1

질서는 아름다운 것이다
혼란 속에서 질서는 날개를 달고 하늘 높이 날아간다
이 세상에게 질서는
단순성을 가르치기 위하여 노래를 부른다

이 세상의 모든 사물은 자기 나름대로의 질서를 지니고 있습니다. 하지만 우리는 외부에서 강렬한 자극을 주는 방법을 통하여 자연의 모습에 질서를 강요합니다.

질서는 우리 모두의 것이라고 할 수 있습니다. 그런데 이 세상의 사물을 우리의 질서 속으로 밀어 넣으려고 하는 시도는, 강물의 속도를 재촉하려고 애쓰는 노인의 행동과 닮았다고 할 수 있는 것입니다. 강물은 결코 지금보다 더 빨리 흘러가지 않습니다. 그리고 그 노인이 행동을 멈추더라도 강물은 여전히 같은 속도로 거기에서 그렇게 흘러갈 뿐입니다.

현명한 사람들은 질서를 유지하는 단순한 방법을 터득

하고 있습니다. 그것은 모든 사물이 그들 자신의 형태를 취하도록 내버려 두는 것입니다. 만약 질서가 자연적인 것이라면, 아마도 무질서는 우리가 자연을 파괴하면서 생겨날 것입니다.

사랑은 사랑의 모습 그대로 두는 것이 가장 현명한 방법입니다. 사랑을 바꾸거나 강요하려고 한다면 바로 무질서가 생기게 되는 것입니다. 그 무엇보다도 자기 자신의 질서, 마음의 평온과 안정이 자연적인 질서를 회복하는 일이라고 할 수 있습니다.

우리가 강요하는 자연의 인공적인 질서는 무질서의 다른 이름입니다.

나는 가벼운 발걸음으로 지금 걸어가는 길에서 약간 벗어날 것입니다. 왜냐하면 지금 걸어가고 있는 길이 자연적 질서에 의한 것이 아닐 수도 있기 때문입니다.

비록 정확한 질문을 하더라도
질문을 하는 것과
그 질문에 대한 해답을 발견하는 일은
아주 다른 성질의 것이다

질문과 해답은 우리 자신의 내부에 깃들여 있습니다. 하지만 불행하게도 질문과 해답은 한 세트처럼 짝을 이루고 있는 것이 아닙니다. 그리고 우리가 서로 짝을 맞출 수 있도록 표시가 되어 있다거나, 색깔이 있는 것도 아닙니다.

때때로 우리는 자신이 모든 해답을 알고 있다고 생각하는 경우가 있습니다. 그 어떤 의문에 대해서도 언제나 해답을 제시할 수 있는 것처럼…….

그러나 우리는 인생의 질문을 잘 모르고 있습니다. 더욱 솔직하게 말하자면, 무엇인가에 대한 질문을 찾아내는 일이 더욱 어려울 때가 많습니다. 특히 우리의 마음속에 숨겨진 질문은 더욱 그러합니다.

우리는 무엇을 원하고 있을까요?

우리는 그것에 대하여 어떻게 느끼고 있을까요?

이러한 질문은 우리의 자아를 상처입기 쉬운 것으로 만들 수 있습니다. 우리가 무엇인가 얻게 되기를 기대하고 있으며, 그리고 그것이 무엇인지 알게 되더라도, 그것이 힘겨운 것이거나 자아가 상처받기 쉬운 것이라면 그것을 획득하려는 모험은 잘 시도하지 않을 것입니다.

하지만 새로운 모험의 순간은 나를 행복의 길로 이끌어 갈 것입니다.

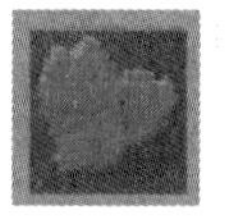

내 푸른 영혼이 숨쉬는 곳 3

운명은 우리의 성격에 의하여 이루어지는 것이다
그리고 성격은 우리의 일상생활에서 형성된다
그러므로 오늘 하루,
좋은 행동의 씨를 뿌리지 않으면 안 된다
좋은 습관으로 성격을 다스린다면
운명은 새로운 문을 열 것이다

우리가 수많은 질문에 귀를 막고 회피할 수 있다면, 우리는 상처 받기 쉬운 자아를 보호할 수 있을지도 모릅니다.

그런데 다른 측면에서 바라보면, 모든 질문을 회피하면 우리는 우리가 원하는 것을 절대로 얻을 수 없게 되는 것입니다.

질문에 대한 해답을 얻기 위하여 우리는 가장 먼저 어둠으로의 도피를 극복해야 합니다. 그리고 잘못된 해답이라고 하더라도 그 답변을 들을 수 있는 각오가 되어 있어야만 합니다.

잘못은 언제나 수정할 수 있는 것입니다. 비록 잘못을 만나게 되더라도, 그 잘못에 대하여 두려움을 느끼지 말아야 합니다. 그 잘못이 자양분이 되어서 우리의 영혼을 더욱 풍요롭게 가꾸기 때문입니다. 고통은 언제까지나 계속되는 것은 아닙니다.

미래를 바라보십시오. 그 끝이 보이지 않습니까?

무사안일에 도전하는 고통이 가치가 있는 것이라면, 나는 안락함을 단념할 수 있는 강인한 나 자신을 만들어야하겠습니다.

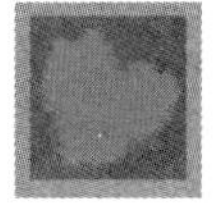

내 푸른 영혼이 숨쉬는 곳 4

누구나 과거가 뒤따르는
미래에 직면한다

우리는 결코 과거로부터 떨어지지 않습니다. 우리는 사람들 사이에서 과거와 영원히 함께 하는 것입니다. 또한 과거는 우리와 현재를 이어주고 있습니다. 지금 우리의 대답은 지난날의 우리 경험을 반영하는 것입니다. 그리고 그것들의 뿌리는 과거 속에 뻗어 있습니다.

날마다 우리는 미래를 위한 경험, 또는 앞으로 다가올 경험을 준비하고 있습니다. 우리가 완전한 계획을 빈틈없이 세워놓지 않은 상태에서도 역시 마찬가지라고 할 수 있습니다.

우리의 경험, 과거, 그리고 현재는 그렇게 조화롭다고 할 수는 없습니다. 우리는 그러한 경험에 이끌려질 것입니다. 그것은 우리의 재능과, 우리가 일생 동안 실행하도록 요청받은 일을 계획하는 올바른 교훈으로 구성되어 있습니다.

우리는 기억할 수 있습니다. 이 세상의 놀라운 모습은 언제나 우리를 매혹시키고 있다는 사실을…….

모든 것이 잘되었습니다. 지금 무슨 일이 일어나더라도 나는 맞이할 준비가 되어 있습니다. 나의 지난날들이 나를 준비하도록 만들었던 것입니다.

내 푸른 영혼이 숨쉬는 곳 5

일을 처음 시작하는 것은 매우 어려운 일이다
하지만 가장 중요한 문제는
어느 지점에 출발선을 그을 것인가이다

어떤 일을 처음 시작할 때 많은 어려움이 우리를 기다리고 있습니다. 그런 현상은 일반적인 것이라고 할 수 있습니다. 그 계획이 크리스마스 과자를 만드는 것, 다양한 논문을 작성하는 일, 혹은 다락방을 청소하는 작업이라고 하더라도 처음 시작하는 것은 누구에게나 어려운 일입니다.

"나는 어디에서부터 시작하는 것이 좋을지 잘 모르겠어요."

일을 처음 시작할 때, 지금 이 순간 나 자신이 어디에서 있는지 확인하는 것이 가장 중요합니다. 그 다음에 필요한 것은, 과거에 쌓아놓은 재료와 미래를 위해 세워놓은 계획들입니다. 그것들은 나의 행동이 어떤 형태를 갖추기 시작함에 따라 저절로 그 모습을 드러낼 것입니다.

우리는 마치 소설가처럼, 그 일을 시작하는 것이 얼마나 힘든가 하는 이야기를 하면서 시작할 수도 있습니다. 이것은 바퀴에 기름칠을 하는 일과 같은 것입니다. 일단 바퀴가 움직이기 시작하면, 우리가 그러한 사실을 깨닫기도 전에 이미 우리는 시작하고 있는 것입니다.

비록 나중에는 처음 쓴 문장들을 지워버려야 하는 경우가 발생한다고 할지라도…….

무슨 일을 처음 시작하려고 하는 시도는 나 자신을 무엇인가에 집중하도록 만드는 좋은 방법입니다. 나는 적당한 연장과 도구를 사용할 것입니다. 바로 이 순간에…….

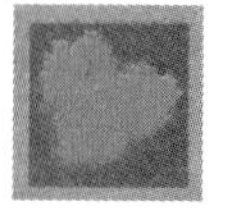

더불어 함께 한다는 것은
지혜로운 사람이 여행하는 방식이다

다른 사람과 함께 살아가는 삶 속에서 인생의 진정한 의미를 발견하려면, 서로에 대한 헌신과 많은 양의 사랑이 요구됩니다. 그것은 자기애, 다른 사람에 대한 조건 없는 사랑, 인내, 자신의 아집을 버릴 수 있는 용기, 그리고 앞으로 달려나가고 싶은 강한 욕망이 있을 때 그 욕망을 억제하고 제자리에 머물게 하는 결단을 요구하는 것입니다.

그러나 이러한 것들은 단지 시작에 불과합니다. 더욱 힘들고 어려운 것들이 우리의 방문을 기다리고 있습니다.

만약 주위에 있는 사람들 속에 소속되어 있다는 경험을 하고 싶다면, 더욱 많은 헌신과 사랑이 필요할 것입니다. 그리고 소속감을 느끼는 것 이상으로 언제 어디서나 자기 자신의 존재 이유를 느끼고 싶다면, 소속감을 얻기 위한 노력 이상으로 엄청난 노력을 기울여야 할 것입니다.

주위를 둘러보십시오. 사랑이 보이지 않습니까?

그 사랑을 당신의 것으로 받아들이도록 하십시오. 사랑의 길을 따라가면, 영혼의 정원에 활짝 피어 있는 꽃들을 발견할 수 있을 것입니다. 그 꽃은 바로 당신의 것입니다.

나는 사랑의 꽃을 가꾸기 위하여 노력할 것입니다. 나의 영혼 속에서 피어나는 꽃을……

이 세상의 어느 것 한 가지라도
나와 무관한 것은 없다
진리와 자유와 사랑을 추구하는 일도
역시 나의 일이다

혼자만의 인생을 고집하던 시절을 생각해 보십시오. 그 당시에 우리는 언제나 불확실성 속에서 다른 사람의 질문에 방어적인 태도를 취하고 의심을 품으면서 인생을 살았던 것입니다.

그런데 우리는 그런 독단적인 자기만의 인생을 자유라고 착각할지도 모릅니다. 어느 누구에게도 의존할 필요가 없다고 자기 자신을 과신하는 것입니다.

그러나 진정한 자유는 서로에 대한 헌신과 사랑 속에서 발견할 수 있습니다. 서로에게 헌신할 때 자기 존재의 진정한 이유를 찾을 수 있는 것입니다. 우리가 행복을 발견하고 힘을 얻을 수 있는 유일한 길은, 더불어 함께 살아가는 삶이라고 할 수 있습니다.

인류의 모든 문제는 나의 일이며, 정의를 구하는 문제도 역시 나의 일입니다. 순전히 자기 한 몸, 자기의 일만을 추구하는 사람은 불행합니다. 행복을 나누는 즐거움을 모르고 있기 때문입니다.

행복은 우리 모두를 위한 것입니다. 그 행복을 나눌 수 있도록 해야 합니다.

나는 두 팔을 활짝 벌리고, 나의 도움을 필요로 하는 사람을 만나기 위하여 달려갈 것입니다. 물론 나에게도 그들의 도움이 필요합니다.

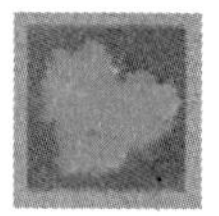

내 푸른 영혼이 숨쉬는 곳 8

우리에게는 전통적인 교훈이 있다
자신의 옷은 자기가 빨고
자신의 일은 자신이 하고
자신이 어지럽힌 것은 자신이 치우는 것이다

어느 누구도 여러 개의 인생을 가지고 있지 않습니다. 우리의 인생은 오직 하나뿐입니다. 그렇지만 인생은 하나로도 충분합니다. 왜냐하면 하나의 인생 속에는 온갖 종류의 기쁨과 슬픔, 좌절, 두려움, 고통이 골고루 들어 있기 때문입니다.

우리는 자신의 인생에 대한 책임을 다른 사람에게 돌리려고 합니다.

"당신이 나를 비참하게 만들었어."

"모든 일이 당신 때문이야."

"당신이 나에게 시킨 일의 결과를 봐."

우리는 자신의 행동에 대한 책임을 회피함으로써 스스

로를 속이는 것입니다. 우리는 절대로 나의 책임을 다른 사람에게 전가할 수 없습니다. 그렇게 하겠다는 생각조차 하면 안 되는 것입니다. 행복하게 살아가는 일, 혹은 불행하게 살아가는 일의 책임은 전적으로 우리의 결정에 달려 있는 것입니다.

자신의 책임을 회피하려고 한다면 그 대가는 반드시 나에게 돌아온다는 이치를 깨달아야 합니다.

만약 내가 덫에 걸려 있다고 느낀다면, 내가 어떻게 그 덫을 만들었으며 그리고 어떤 방법으로 그 덫에서 벗어날 수 있는지 살펴보아야 할 것입니다. "나는 할 수 없어"라고 하던 말을 "나는 할 수 있어"라는 말로 바꾸어야 하는 것입니다.

내 푸른 영혼이 숨쉬는 곳 9

의식은 항상 변화하고 있다
마음의 상태는 어느 한 곳에 고정되어 있는 것이 아니다
그것은 또 다른 상태로 계속 이어진다
우리는 의식의 방향을 어떤 생각이나 충동으로
이끌어갈 수 있지만, 어느 한 지점에 정박시킬 수는 없다

정신은 신비로운 것입니다. 언제나 쉬지 않고 움직이면서 성장합니다. 정신은 무엇인가에 대하여 집중하고 망각하고 저장합니다. 우리는 우리의 정신이 결정하는 방향에 따라 좌우되는 경우가 많습니다.

그런데 그 흐름의 방향은 의식적이든 무의식적이든 간에 긍정적인 예측보다는 부정적인 결과 쪽으로 흘러가는 경우가 아주 흔합니다. 인생의 방향에 대한 책임감을 강하게 느낄수록 우리의 정신력은 더욱 성장하게 됩니다.

우리는 우리가 생각하는 것들로 이루어진 존재입니다. 우리는 우리 자신을 더욱 훌륭한 자아로 만들어갈 수 있습니다.

결국 우리는 무기력과 무능력이 압도하는 감정들로부터 자유롭게 해방될 수 있는 것입니다. 우리의 행동과 태도를 결정하는 정신의 방향은 언제나 한 곳에 머무르는 것이 아니기 때문입니다.

우리의 정신은 끊임없이 변화하고 있습니다. 그러므로 우리의 정신에게 적극적이고 긍정적인 방향을 제시함으로써 새로운 길을 열어놓을 때, 우리는 더욱 훌륭한 결실을 거두어들일 수 있는 것입니다.

나는 긍정적인 사고의 결과를 믿고 있습니다. 나는 희망을 가질 것입니다. 나는 의식과 정신의 유연성을 신뢰합니다.

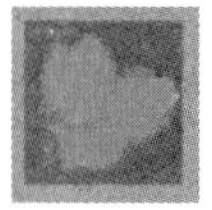

내 푸른 영혼이 숨쉬는 곳 10

믿음은
우리를 미래로, 저 먼 곳으로 이끌어가는
의지인 동시에 희망이다
우리는 믿음을 통해 시간과 장소를 벗어나
영원 속으로 들어갈 수 있다

어떤 사람들은 오직 현재에만 몰두하면서 살아갑니다. 이 사실이 진정 놀랍지 않습니까?

그들은 미래에 대해 걱정하지도 않고, 과거에 대해 후회하지도 않는 것 같습니다.

"어제도, 내일도 내가 어쩔 수 없는 것이다."

하지만 우리는 과거와 미래의 시간에 대하여 상상하는 것을 좋아합니다.

만약 나폴레옹이 어린아이였을 때 죽었다면, 이 세상의 역사는 어떻게 되었을까?

타임머신을 타고 어디로 갈까?

그러나 '과거'와 '미래'라는 것이 모두 우리의 머릿속에서 만들어진 개념에 불과하다는 사실을 망각할 때, 커다란 문제가 생기게 됩니다. 우리에게 유일한 현실은 현재뿐입니다. 물론 과거의 사건이 현재의 우리를 만들었습니다. 또한 현재가 미래를 결정할 것입니다. 하지만 과거와 미래 모두 우리가 어떻게 할 수 없는 것들입니다.

강한 신념을 지닌 사람들은 현재의 순간에 최선을 다하고 있습니다. 현재를 올바르게 누리는 것이 인생의 질을 높여줍니다. 그것은 인생 자체에 대한 믿음이라고 할 수 있습니다.

현재는 값진 것입니다. 현재라는 것은 우리가 가질 수 있는 전부입니다.

주저함이나 두려움을 느끼지 않고 현재라는 강물 속에서 헤엄치게 하소서. 인생의 세찬 흐름을 견딜 수 있게 하소서.

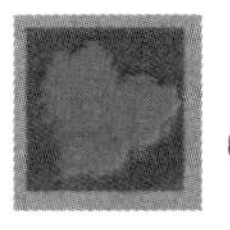

내 푸른 영혼이 숨쉬는 곳 11

빛을 널리 비치게 하는 일에는
두 가지 방법이 있다
더욱 많은 촛불을 사용하거나
그렇지 않으면 거울에 그 빛을 반사시키는 것이다

우리 모두는 다른 사람을 계몽시킬 수 있는 강한 힘을 내부에 지니고 있습니다. 이것과 마찬가지로 우리는 다른 사람이 지니고 있는 재능이나 사고에 의해 계몽될 수 있습니다.

사상의 상호 교환, 서로 다른 감정의 표현은 우리에게 많은 것을 가르쳐주고 있습니다. 우리의 주위에 있는 모든 사람과 온갖 사물들이 하나도 빠짐없이 우리 자신의 발전을 위한 낱낱의 구성요소라는 사실은 참으로 놀랍고 신비로운 일입니다.

이 세상에서 아무런 가치도 없는 것은 아무것도 없습니다. 언제 어디서나 우리에게 영향을 미치는 정보가 반드시 있을 것입니다. 그런 것들이 지금 우리의 현명한 선택을 기다리고 있습니다.

오늘이란 시간은 내게 필요한 교훈과 정보들을 가득 담고 있습니다.

나는 나 자신의 내부를 열어서 모든 것을 개화시켜야 합니다.

내 푸른 영혼이 숨쉬는 곳 12

해변에 흩어져 있는 아름다운 조개를
모두 주워 모을 수는 없다
겨우 몇 개의 조개만을 간직할 뿐이다

인생은 선택의 연속입니다.

무엇을 해야 하는 것일까?

무슨 모임에 참가하는 것이 유익할까?

어떤 친구를 사귀는 것이 좋을까?

우리는 언제나 선택을 해야만 하는 것입니다. 때로는 시간과 정력이 부족하기 때문에 선택을 중단해야 하는 시기도 있습니다.

한 가지 문제에 집중하고 한 명의 친구에게 애정을 기울이는 것은, 너무 많은 곳에 관심을 분산시키는 것보다 더욱 현명한 방법입니다.

무엇을 하더라도 그 순간에 완전히 몰두하는 것은 우리의 인생을 풍요롭게 만듭니다. 정신을 집중하는 것보다 효과적인 것은 아무것도 없기 때문입니다.

우리의 재능은 우리 자신을 위한 일뿐만 아니라 다른 사람을 위하여 사용할 때 발전하고 축복받을 수 있는 것입니다. 그러므로 선택의 범위가 지나치게 넓고 주의가 산만하다면, 우리의 능력은 완전히 계발될 수 없습니다.

인생의 완성도는 친구들과 우리 사이의 관계가 얼마나 발전되었는가, 그 깊이에 정비례하는 것입니다.

내가 모든 장소에 다 있을 수는 없습니다. 모든 사람들의 요구를 다 만족시켜 줄 수도 없습니다. 그러므로 나의 관심을 어디에 집중하는 것이 올바른 판단인지 선택해야 하는 것입니다.

내 푸른 영혼이 숨쉬는 곳 13

이 세상에서 가장 축복받는 일은
아무런 죄의식도 느끼지 않으면서 살아가는 것이다
그 안에 천국이 있다

우리 내부에 천국이 있다고 하는 말은 무슨 뜻일까요?

진정 행복한 상태에 있을 때 우리는 축복을 받았다고 느끼게 됩니다. 천국은 평온한 영혼을 다른 말로 표현한 것입니다.

우리는 어느 누가 이처럼 희망과 기쁨의 영역 속에서 살아갈 수 있는가에 대하여 의심하는 경우가 있습니다.

후회도 두려움도 죄의식도 없는 사람이 과연 이 세상에 존재하고 있을까요?

어떻게 해야 그런 일이 가능한 것일까요?

그것은 도저히 있을 수 없는 일입니다. 우리는 가끔씩 진정한 행복을 누리기 위해서는 고통이 따르고 비참한 생활을 경험해야 한다고 생각합니다.

좋은 기분을 느끼기 위해서는 불쾌한 기분을 경험해야 하는 것과 같은 이치입니다. 그리고 내적인 천국은 있는 그대로의 자신을 받아들일 수 있는 여유에 달려 있습니다.

견고한 마음의 문을 열고, 활짝 펼쳐진 천국으로 들어가야 합니다. 천국의 아름다운 풍경이 우리의 방문을 기다리고 있습니다.

내 푸른 영혼이 숨쉬는 곳 14

인생의 시초는 곤란이다
그러나 성실한 마음으로 물리칠 수 없는 곤란이란
거의 없는 것이다

우리가 올바르게 살아가고 있다는 믿음 속에서 자기 자신을 사랑하게 될 때, 내적인 혹은 정신적인 천국이 우리를 찾아올 것입니다. 주위 환경이 우리가 행복을 느낄 수 없을 만큼 열악한 때조차도 우리는 평화로울 수 있습니다.

평화의 순간을 받아들이는 것은 그렇게 어려운 일이 아닙니다. 마음의 창을 열고, 영혼에 깃들여 있는 사랑을 꺼내기만 하면 되는 것입니다. 이 세상의 강에서 사랑이 흘러 넘친다면 행복의 노랫소리가 울려 퍼질 것입니다.

평화…….

우리 자신이 올바른 일을 하고 있다는 사실을 인식함으로써, 그리고 그 보답으로 정당한 대가를 받을 만한 자격이 있다는 사실을 믿음으로써, 우리는 영혼의 평화를 얻게 되는 것입니다.

사랑과 인내…….

우리가 그렇게 살아가고 있다는 믿음은 우리에게 평온한 마음을 가져다주게 됩니다. 영혼의 평화에 대한 확신은 자기에 대한 사랑, 그리고 더 나아가 다른 사람을 사랑하는 마음까지 생기도록 하는 것입니다.

나는 수치와 죄의식의 짙은 그림자에서 나 자신을 해방시킬 수 있도록 생각하고 행동할 것입니다. 그런 노력 속에서 나는 행복한 사람이 될 수 있습니다. 모든 사람들이 나를 축복할 것입니다.

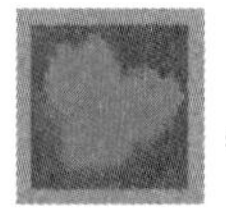

내 푸른 영혼이 숨쉬는 곳 15

나는 언제나
보호와 사랑에 굶주려 있는 것 같았다

우리는 '나' 자신을 양육하는 방법을 배움으로써 마음의 평온을 증가시킬 수 있습니다. 우리의 내부에 깃들여 있는 어린아이와 같은 특성은 보호와 애정을 필요로 하는 한 쉽게 사라지지 않을 것입니다.

우리는 다른 사람에게 보호와 애정을 요청할 수도 있지만, 가장 확실한 방법은 나 자신에게 요청하는 것입니다.

나 자신을 사랑하는 방법을 결코 배우지 못한 사람은 보호와 애정을 그들 자신에게 요청할 수 없을지도 모릅니다. 그러나 다행스럽게도 나 자신을 사랑하는 일은 아직까지도 늦지 않습니다. 지금이라도 다시 시작할 수 있는 것입니다.

우리의 삶이 비정함과 학대라는 얼룩으로 물들어 있을지도 모릅니다. 지난 수년 동안의 잘못된 버릇이 지금까지 이어져오고 있을지도 모릅니다.

그렇다면 나 자신에 대한 사랑을 시작하기에 가장 적절한 시기는 언제일까요?

바로 지금 이 순간에 나를 사랑할 수 있어야 합니다. 나에 대한 사랑은 결코 그칠 줄 모르는 것입니다. 나를 사랑할 수 있을 때, 우리는 서로를 사랑할 수 있게 됩니다.

나는 사랑을 받아들이기 위하여 노력할 것입니다. 그 사랑은 언제나 살아 있는 사랑입니다.

내 푸른 영혼이 숨쉬는 곳 16

생명은 반드시 죽음으로 돌아간다는 사실을 알고 있다면
그 생명을 유지하기 위하여
이처럼 마음을 썩이지는 않을 것이다

내가 나 자신을 양육하는 일은 대단한 모험입니다. 우리는 인내심을 가져야 합니다. 우리의 마음속에 깃들여 있는 어린아이에게 깊은 신뢰와 확신을 심어주기 위하여 참을성이 필요한 것입니다. 그런 일이 어느 한순간에 이루어지는 법은 없기 때문입니다.

특히 우리가 과거의 잘못을 버리고 새롭게 성장하려면, 오랜 시간 동안 서서히 양육되어야 할 것입니다.

우리는 우리 자신에게는 물론 다른 사람에게도 소중한 존재입니다. 그러므로 사랑과 양육을 받을 수 있는 훌륭한 자격을 갖추고 있는 것입니다.

그 자격을 스스로 버리는 것은 참으로 어리석은 일입니다. 사랑의 자격은 몹시 고귀한 것입니다.

사랑의 싹을 틔우고 그 향기를 다른 사람에게 나누어 주십시오. 사랑의 향기가 이 세상을 더욱 아름답게 만들 것입니다. 그 어디에나 넘쳐 흐르는 사랑의 향기…….

그리고 나는 나 자신을 사랑할 것입니다. 인내심을 가지고 나 자신을 양육하면서 다른 사람에게 도움을 줄 것입니다.

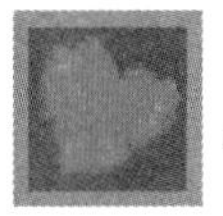

내 푸른 영혼이 숨쉬는 곳 17

우리의 존재 이유에 대한
모든 물음표를 없애주는 것은
오직 인생의 끝—죽음뿐이다

나는 이 세상으로 초대를 받은 것입니다. 이 세상을 아름답게 만드는 일에 기여하기 위하여…….

그리고 나의 형제와 자매들도 동일한 이유로 초대를 받았습니다.

이 세상을 살아가는 동안 우리는 많은 경험을 하게 됩니다. 이러한 경험은 우리를 독특한 자아로 형성하는 데 커다란 기회를 제공합니다.

우리의 잠재적인 능력을 깨닫는 일은, 우리가 우리 앞에 펼쳐진 도전과 부딪히기 위하여 앞으로 나가는 실천이 있을 때 비로소 가능합니다.

우리의 능력을 뛰어넘는 고난은 존재하지 않습니다. 모든 도전은 새로운 성장과 자기에 대한 확신을 약속합니다.

날마다 거듭되는 도전과 함께 살아갈 때 우리는 자신의 잠재능력을 깨닫게 되고, 자신의 가치에 대하여 새로운 눈으로 바라보게 될 것입니다.

나에게 주어진 기회에 대하여 감사하는 마음으로 도전에 임할 것입니다. 내가 경험하는 것들은 자아의 성장을 의미하고 있습니다.

내 푸른 영혼이 숨쉬는 곳 18

우리를 행복하게 하는 것은
우리가 보거나 만지는 것, 혹은 다른 사람이
우리를 위하여 무엇인가를 해주는 것이 아니다
그것은 우리가 가장 먼저 다른 사람을 위해
그리고 자기 자신을 위해
우리가 생각하고 느끼고 하는 것들이다

우리가 다른 사람의 요구에 주의를 기울이는 것은, 그 누군가를 위해서 뿐만 아니라 우리 자신을 위해서도 영혼을 고양시키는 것입니다. 우리는 정서적인 건강을 유지하기 위하여 우리의 관심을 자기 자신으로부터 다른 곳으로 돌릴 필요가 있습니다.

우리가 자신의 것보다 다른 사람의 요구를 더욱 많이 수용한다면, 우리는 사랑과 행복의 순간에 더 가까이 다가설 수 있는 것입니다.

우리가 스스로의 욕망을 뛰어넘어서 주위의 공간을 살

펴보게 되면, 우리는 지금 직면하고 있는 문제가 무엇인가를 알게 되고 그것으로부터 벗어나게 될 것입니다.

근심과 걱정의 시간에서 해방을 맞이하는 것입니다. 우리가 어떤 문제에 집요하게 집착하거나 그 문제의 늪에 빠져들게 되면, 하나의 문제를 점점 더 어렵게 만드는 결과가 됩니다.

우리는 관심을 환기하게 되면서 아주 새롭고, 그리고 우리에게 더 많은 유익을 가져다줄 수 있는 관점을 맞이하게 될 것입니다.

지금 내가 살아가고 있는 공간에는 사랑과 도움의 손길을 기다리는 많은 사람들이 있습니다. 내가 나 자신의 이기적인 욕망을 모두 잊어버릴 때, 우리 사회는 사랑의 기운으로 충만하게 되는 것입니다.

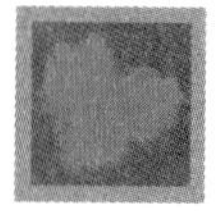

내 푸른 영혼이 숨쉬는 곳 19

기적은 절대로 일어나지 않는다
하지만 많은 사람은 기적이 일어난다고 주장할 것이다

지금까지 우리는 우리 자신이나 혹은 가족으로부터 놀라운 변모, 전혀 예상하지 못했던 운명, 돌연한 환경 변화를 만나게 되었습니다. 그리고 이런 것을 기적이라고 부릅니다.

그러나 기적에도 우리의 능동적인 참여가 항상 깃들이게 됩니다. 기적이 많이 일어난 것 같은 우리의 개인적인 삶의 역사를 살펴보면, 그 시기에 고통과 절망을 인내하였던 흔적이 고스란히 남아 있습니다.

무(無)에서 무가 나오고, 유(有)에서 유가 나옵니다. 무에서 유가 나오는 법은 없는 것입니다. 삶의 형태를 바꾸어놓은 변화는 수많은 고통과 어려움 속에서 태어난 것입니다.

우리가 어떤 커다란 힘이 세계의 모든 일에 직접적으

로 끼여든다는 것을 믿는다면, 혹은 그렇지 않다고 하더라도 우리는 미래에 대한 준비를 하고 있어야만 한다는 철칙을 깨달아야 합니다. 하늘에 떠 있는 별을 잡으려면 우리는 그 별 아래에 서 있어야 하는 것입니다.

기적은 언제나 나를 찾아오고 있습니다. 나는 기적을 받아들이기 위한 준비를 하고 있어야합니다.

내 푸른 영혼이 숨쉬는 곳 20

자유의 기능은
우리 자신보다 다른 사람을 자유롭게 만드는 것이다

우리는 자유에 대한 문제를 놓고 고민하게 됩니다. 얼마만큼의 자유를 원하는지, 얼마만큼의 자유를 가져야 하는 것인지, 어떻게 다른 사람의 자유를 받아들일 수 있는지에 대하여…….

그런데 우리가 이러한 의문으로부터 자유로울 수 없다면 더 이상 성장할 수 없습니다. 우리의 성장은 우리가 숨을 쉬고 움직이고 살아가면서 느끼는 자유의 크기에 비례할 것입니다. 영혼의 성장에 따라 우리가 누리는 자유도 그만큼이나 많아질 것입니다.

억압은 자유의 반대 개념입니다. 그것은 억압받는 사람뿐만이 아니라 억압하는 사람의 자유까지 제한하게 됩니다. 우리의 삶이 무엇인가를 억압하는 일에 사용되고 있다면 우리는 어느 누구도 감정적으로, 지적으로, 혹은 정신적으로 성장할 수가 없습니다.

억압보다 소중한 것은 자유입니다. 그런데 그 사실을 모르고 있는 사람이 이 세상에는 너무나 많습니다. 나의 자유를 누리기 위하여 다른 사람의 자유를 억압하려고 하는 것입니다. 하지만 그런 행동은 나의 자유까지도 빼앗게 될 것입니다.

나는 자유로운 인간이 되기 위하여 노력할 것입니다. 자유는 우리 모두를 위하여 준비된 것입니다.

내 푸른 영혼이 숨쉬는 곳 21

아무도 믿지 못하는 사람은
자기 자신이 어느 누구에게도
신용받지 못하고 있다는 사실을 알고 있는 것이다

일상생활 속에서 일어나는 규범적인 특성으로 인하여, 우리는 설사 자발적인 것이 아니라고 하더라도 이미 억압에 참가하고 있는 셈입니다. 하지만 억압은 어느 누구도 승자가 될 수 없는 상태입니다.

우리는 억압을 받는 만큼 자유를 상실하게 됩니다. 물론 우리가 다른 사람을 억압할 때에도 자유를 잃어버리는 것입니다. 모든 사람이 자유를 누릴 수 없다면, 우리도 역시 완전히 자유로울 수는 없습니다.

자유를 누리게 되었을 때, 우리는 주어진 일을 처리하면서 기쁨을 발견하게 될 것입니다. 그리고 다른 사람이 자유를 누릴 수 있도록 도움을 주었을 때 더욱 커다란 기쁨을 발견할 것입니다.

자유는 서로에 대한 믿음 속에서 비롯되는 것입니다. 우리가 서로를 신뢰할 수 있다면, 자유에 대한 약속은 더욱 넓어지게 됩니다.

다른 사람을 향하여 손을 내민다면, 우리는 사랑을 발견할 수 있을 것입니다. 내가 다른 사람을 억압한다면, 나의자유는 그만큼이나 줄어들게 될 것입니다.

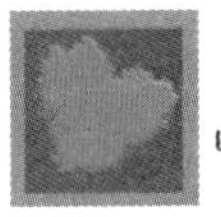

나는 어떤 사람이 가난하다는 사실에 대하여
별로 유감스럽게 생각하지 않는다
나는 단지 그들이 할 일이 없다는 사실에 대하여
유감스럽게 생각한다

사람은 언어와 웃음을 지니고 있고 도구를 사용할 줄 알며 유희를 즐기는 동물로 기술되고 있습니다. 그러나 우리는 그 무엇보다도 성실하게 일하는 방법을 알고 있는 아주 탁월한 동물입니다.

어린아이들의 놀이는 어른들이 하고 있는 일을 그대로 모방한 것입니다. 어린아이들이 재미있는 놀이에 쏟아붓는 것과 같은 열정을 자신의 일에 바치는 사람은 행복하다고 할 수 있습니다.

노동이라는 것은 우리가 때때로 비난을 하기도 하지만, 커다란 축복이라고 할 수 있습니다.

영혼의 진정한 표현이라는 점에서 노동이라는 것은 우

리의 열정에 초점을 맞추고, 우리를 하나가 되도록 만들어주고 있습니다. 열심히 일을 하면서 우리는 자신의 꿈을 실현할 수 있는 것입니다.

미래를 긍정적으로 맞이할 수 있어야 합니다. 미래에 대한 부정적인 생각은 우리에게 불필요한 고통을 안겨줄 뿐입니다.

일은 내 영혼이 힘차게 부르는 연가입니다.

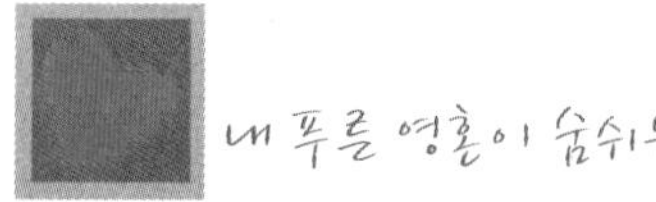

인생의 일부는 우리가 만드는 것이지만
나머지는 친구에 의하여 만들어지는 것이다

진정한 노동은 결코 힘겹지 않습니다. 우리가 나무를 다듬거나 요리를 하거나 글을 쓸 때, 우리는 이 세상의 모든 것과 하나가 되어버린 것처럼 느끼게 됩니다.

그래서 우리는 이러한 노동을 하나의 흥미로운 취미나, 혹은 무엇인가를 이루기 위하여 반드시 이행해야만 하는 것처럼 생각하게 되는 것입니다. 그런 노동은 몹시 즐거운 것입니다.

만약 우리가 슈베르트의 음악을 듣는 것처럼 자부심과 열정을 가지고 자신의 직업에 임하게 된다면, 우리는 스스로의 노력과 일에 대하여 찬양하게 될 것입니다.

우리의 직업이나, 우리가 그 대가를 지불받고 있는 노동은 우리 모두에게 몹시 중요한 것입니다. 우리가 애정을 가질 만한 직업을 구하고 그 일에 대하여 열중할 수 있다면, 우리는 우리의 인생에서 값진 승리를 얻게 될 것입니다.

노동, 그것은 우리 자신의 참된 자아를 찾아가는 과정이기도 합니다.

내가 이 일에 대하여 그 대가를 받지 못한다고 하더라도, 나는 이 일을 계속할 것입니다.

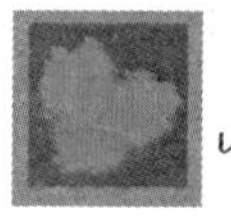

내 푸른 영혼이 숨쉬는 곳 24

신이 우리에게 주었던 가장 신다운 선물은
바로 중용이다

중용이라는 말의 의미는 적절한, 알맞은, 어울리는 것이라고 할 수 있습니다. 마음의 중용은 적절한 생각을 받아들이고, 어떤 사건이나 사람에 대하여 알맞게 대응하고, 그런 것들의 중요성을 과장하거나 경멸하지도 않는다는 것을 의미합니다.

언제 어디서나 균형 잡힌 생각을 유지하면서, 긍정적인 방향으로 유도하고 부정적인 양상을 내버리는 마음을 유지하고 있다면 우리에게 커다란 위안이 될 것입니다.

중용의 마음을 가지는 것은 가능한 일입니다. 아마도 그것은 신이 우리에게 주는 선물이었을 것입니다. 그렇지만 우리는 중용이라는 선물을 받기 위하여 먼저 우리 자신을 준비해야 합니다.

뒤틀린 우리의 성품을 올바르게 고치는 일, 불쾌감을

잊어버리는 일, 담담한 마음으로 불행에 대처할 수 있는 일, 고통에 대하여 인내할 수 있는 일을 훌륭하게 해낼 수 있어야 하는 것입니다.

중용은 중도의 다른 이름입니다.

중도, 그것은 참된 길을 의미합니다.

우리가 중용의 마음을 가질 때 우리는 언제나 평온한 마음으로 침착하게 행동하면서 살아갈 수 있습니다. 인생의 방해물이 사라지지는 않겠지만, 그러나 방해물이 우리의 중용 앞에서 올바른 균형을 유지하게 될 것입니다.

나는 마음의 중용을 받아들이기 위하여 노력할 것입니다.

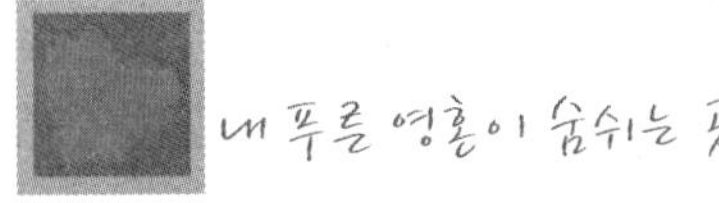

선은 맹목적인 열정으로 나타나지 않는다
그것은 사악한 죄악과 맞서 싸우는 경우에도
역시 마찬가지라고 할 수 있다

맹목적인 행동은 좋지 않습니다. 마음의 눈을 완전히 닫아버리는 것은 인생의 한 부분을 배제하는 행위입니다. 맹목적으로 행해진 일은 우리가 전혀 생각하지 못하고 있던 해를 입히게 됩니다.

맹목적인 감정에 사로잡혔을 때 충동적으로 행동하지 않고 절제하는 것은 결코 쉬운 일이 아닙니다. 하지만 자신의 의지를 어느 정도 조절하는 것이 현명한 일입니다. 그 일을 신중하게 따져보지도 않고 충동에 굴복해 버린다면, 반드시 후회할 일을 저지르게 되는 것입니다.

물론 어떤 행동을 하기에 앞서 모든 것을 알아야만 하는 것은 아닙니다. 하지만 나 자신에 대한 것은 그 일을 처리하기 이전에 알고 있어야만 합니다.

'맹목적인 열정' 은 우리 자신의 시야를 가리는 것입니다. 열정은 우리를 더욱 위대한 목표로 이끌어줄 수도 있습니다. 하지만 올바른 이성의 영역으로 이끄는 것은 아닙니다.

선한 행동은 현실을 제대로 파악하는 정신으로부터 비롯되는 것입니다.

나는 맹목적인 열정에 따르지 않을 것입니다. 그리고 행동하기 이전에 먼저 올바른 판단을 기다릴 것입니다.

내 푸른 영혼이 숨쉬는 곳 26

솔로 연주를 할 때
시작하는 것이 끝마치는 것보다 더욱 쉽다

예술을 배우는 데 필요한 영감은 우리 자신의 내부에서 태어나는 것입니다. 그것은 어떤 목적이나 계획을 달성하는 경우에도 마찬가지라고 할 수 있습니다.

모든 지식의 중심…….

우리 모두는 지식을 알고 있습니다. 어떤 길을 선택해서 걸어가려는 열망이 우리의 마음속에서 사라지지 않고 지속적으로 타오를 때, 우리는 그 길을 걸어가면 반드시 성공할 것이라는 믿음을 가지고 모든 정열을 그 길에 바쳐야 합니다. 이 열망이 우리가 지니고 있는 재능들을 여러 가지 방법으로 발전시키고 계발시키는 일에 밑바탕이 되는 것입니다.

하지만 음악 독주회를 열었을 때 시작하는 것은 쉽지만 끝마무리를 하는 것이 어려운 것처럼, 무엇인가를 향하여 조금씩 다가서는 일도 시작하는 것보다 끝마무리를 하는 것이 더욱 어려운 법입니다.

지식을 익히고 자신의 재능을 계발하면서 우리는 자신의 내부를 바라보는 일에 언제나 관심을 가지고 있어야 합니다. 나의 마음속에서 들리는 목소리에 귀를 기울이도록 하십시오.

나는 항상 나자신의 가장 가까운 친구입니다.

우리는 우리가 가지고 있는 것을 좀처럼 생각하지 않고
언제나 없는 것만을 생각하고 있다
이것이야말로 이 세상에서
가장 커다란 비극을 만들어내는 것이다

설사 우리가 내부에 잠재되어 있는 재능을 알아차리지 못하거나, 혹은 실제로 재능이 없다고 하더라도 열망은 재능의 기초가 되는 것입니다. 열망은 우리가 꿈꾸는 일을 가능하도록 만드는 원동력입니다. 우리는 그 힘을 받아들여야 합니다.

열망의 가치를 믿으려는 결심은 새로운 계획을 달성하는 데 단지 첫발을 내딛는 것에 불과합니다. 뒤따라야 하는 것은 목적이나 계획을 완성시키는 일에 필요한 노력과 인내입니다.

목적이나 계획의 전등 스위치를 켜는 일은 나중에 그것들의 달성을 보는 일보다 훨씬 쉬운 것입니다. 열망은 재능의 계발을 위한 기초가 될 수 있지만, 수단은 될 수가 없습니다. 아무런 노력이 없다면 우리의 목표는 달성할 수 없습니다.

열망과 노력이 어우러질 때, 우리가 원하는 모든 것을 얻게 될 것입니다. 우리는 그 꿈을 버리지 말아야 합니다.

나는 다양한 계획과 목표를 세울 것입니다. 그리고 마음속에서 떠오르는 영감을 신뢰할 것입니다.

내 푸른 영혼이 숨쉬는 곳 28

행복하다는 것은
고통이나 두려움이 없는 상태를 의미하는 것이다

행복happy의 어원은 행운hap에서 유래된 것입니다. 그리고 행복happy은 우연chance을 의미하는 것이기도 합니다. 불운mishap이나 사건happening에서 볼 수 있는 것처럼…….

행복은 행운을 의미하고 있습니다. 우리는 예측할 수 없는 인생에서 갑작스러운 행운을 잡은 사람을 보고 행복한 사람이라 부릅니다.

하지만 행복은 관점의 차이가 아닐까요?
만약 우리가 앞에 놓여 있는 컵을 바라보면서,
"물이 절반이나 비었어"라는 말 대신에
"물이 절반이나 남아 있어"라고 말한다면,

우리가 인생의 실패를 또 다른 기회로 받아들인다면, 우리는 행복하게 살아갈 수 있지 않을까요?

행복에 대한 우리의 태도는 마치 근육과 같은 것입니다. 근육은 사용할수록 강해지게 됩니다. 우리에게 무슨 일이 일어나더라도, 우리는 적극적이고 긍정적으로 그 일에 대응해야 합니다.

보다 적극적으로 행복을 맞이하기 위해 노력한다면, 우리는 언제나 행복의 노래를 부를 수 있을 것입니다. 행복의 노래가 우리를 감싸 안고 이 세상 끝까지 흘러갑니다.

행복은 나의 것입니다. 나는 행복을 받아들이기 위하여 언제나 노력하고 있습니다.

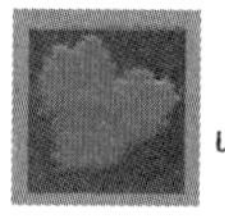

한 자루의 양초로

많은 양초에 불을 옮겨 붙이더라도

첫 양초의 빛은 흐려지지 않는다

행복이 인생의 재난으로부터 우리를 보호할 수는 없지만, 걱정과 후회 속에서 불행을 대면하는 것보다는 훨씬 밝고 가벼운 인생을 보장할 것입니다.

우리는 다른 사람과의 관계나 어떤 사건을 통제, 혹은 조정할 수가 없습니다. 다시 말하자면 우리가 책임져야 하는 것은 오직 우리 자신의 행동뿐인 것입니다. 우리가 행복하게 살아간다면 우리의 인생은 밝게 변할 수 있습니다.

걱정이 나를 짓누르고 있습니다. 그러나 나는 걱정을 쫓아버리고 모든 일에 행복하게 대응할 것입니다. 우리는 행복이 성장한다는 사실을 알지 못하고 있습니다.

행복은 우리의 사랑을 먹으면서 자라는 나무입니다.

우리는 그 나무에 물을 주고, 사랑이라는 거름을 부어줄 수 있어야 합니다.

우리가 서로서로 더욱 강하게 결속할수록 근심 걱정은 점차 사라질 것입니다.

나는 행복이 조금씩 자라나고 있다는 사실을 알고 있습니다.

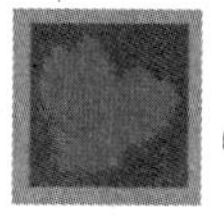

내 푸른 영혼이 숨쉬는 곳 30

모든 작가들은 천성적으로 허영심에 가득 차 있고
이기적이며 낙천적으로 살아간다
하지만 작가들의 그런 태도의 밑바닥에는
이 세상의 신비로운 숨결이 깃들여 있다

우리는 일상의 공간에서 너무나 많은 정보를 받게 됩니다. 우리는 출판물이나 소음, 이미지들의 홍수에 빠져 있는 것입니다.

우리 가운데 대부분은 건전한 회의주의에 빠져들고 있습니다. 그래서 도대체 이 사람은, 이 책은, 이 정보망은, 이 신문은, 혹은 이 노래는 무엇을 얻기 위하여 여기에 있는가 하는 물음을 나 자신에게 던지게 되는 것입니다.

그러나 우리는 세상의 모든 것을 의심할 수는 없습니다. 인간은 그 무엇인가에 대하여 믿음을 가질 필요가 있고, 심지어 도저히 일어날 수 없다고 생각하는 것을 믿기도 합니다.

살아간다고 하는 것은 서서히 태어나는 것입니다. 일상의 공간 속에서 우리의 영혼은 조금씩 성장하고 있습니다.

나의 새로운 삶이 시작되고 있는 것입니다.

모든 정보는 나에게 유익한 것입니다. 나는 그 정보를 적절하게 관리하고 있습니다.

장미를 선물하는 손길에는
언제나 장미 향기가 남아 있다

이 세상에는 유행이나 질병들이 만연하고 있습니다. 타락과 냉소가 우리 사회의 기반을 뒤흔들고 있기도 합니다.

하지만 신뢰라는 것은 건전한 것입니다. 신뢰는 인간의 가치와 영속성을 다시 한 번 확인시켜 주는 것입니다. 강한 신뢰감과 건전한 판단력을 지니고 있는 우리들은 진정으로 행운아입니다.

우리의 동료들에게 본질적인 선함이 깃들여 있다는 사실과, 이 세계가 근본적으로 올바르게 돌아가고 있다는 사실을 믿게 되면 우리의 생명력은 다시 소생될 것입니다.

우리는 깊은 존경심을 가지고 이 세상의 모든 것을 바라볼 수 있게 되는 것입니다. 그리고 다른 사람들 역시 우리를 신뢰하고 존중하게 될 것입니다.

때때로 우리의 신뢰가 배반을 당하고 넘어지는 시기도 있을 것입니다. 그러나 다른 사람의 기만이나 실수가 우리의 믿음과 사랑을 시들게 하지는 않습니다.

우리의 믿음 속에서 그런 것들은 아주 보잘것없는 일에 지나지 않는 것입니다.

나는 모든 것을 사랑할 수 있는 나 자신의 영혼을 믿습니다. 그리고 이 세상의 모든 것들이 잘 되어갈 것이라고 믿습니다.

내 푸른 영혼이 숨쉬는 곳 32

지속적인 노력은
우리의 잠재능력을 여는 열쇠라고 할 수 있다

인내는 우리가 목표한 것을 완성시키는 과정에 커다란 도움이 됩니다. 의심할 여지도 없이 모든 사람에게는 성취할 수 있는 능력이 있습니다. 우리에게 필요한 것은, 우리 앞에 놓여 있는 목표에 결단력을 가지고 헌신하는 일입니다.

하지만 단숨에 모든 것을 이룩하기 위하여 노력하는 것은 올바른 태도가 아닙니다. 서두르지 말고 조금씩 앞으로 나가야 하는 것입니다. 우리의 헌신에 대하여 돌아오는 보상은 아주 많을 것입니다.

우리가 달성한 목표, 무엇인가를 이룩했다는 성취감, 그리고 밀려오는 행복의 물결…….

가끔씩 우리는 우리가 지니고 있는 재능의 진정한 가치를 이해하지 못하거나, 우리의 재능을 깨닫는 일에 실패할 때가 있습니다. 우리는 이 세상에서 우리가 전체 창조물의 일부분으로서 존재하고 있다는 사실을 망각할 때가 종종 있는 것 같습니다.

우리는 이 세상에서 반드시 필요한 존재입니다. 언제나 그 사실을 기억하고 있어야 합니다. 인내가 우리의 존재를 더욱 소중한 것으로 만들 것입니다.

시간이 흐르고, 나는 이 세상을 더욱 아름다운 것으로 만들 수 있습니다.

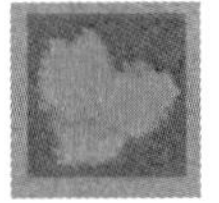

내 푸른 영혼이 숨쉬는 곳 33

분노를 품고 있는 사람은
분노로 인한 상처를 치료하지 않고
그대로 방치하고 있는 것이다

성장의 길을 따라 걸어가고 있는 우리의 전진은 용서의 정신을 얼마만큼이나 실천하는 것인가로 측정될 수 있습니다. 누군가에게 원한을 품고 있으면 우리는 우리 자신의 성장을 가로막고 있는 것입니다.

소란스러운 상황에 몰두하게 된다면, 우리는 순간순간 일어나는 스릴과 가능성들에 대하여 민첩하게 대응할 수 없을 것입니다. 과거의 상처에 집착하기 위해 현재 진행되는 실제의 삶 밖으로 물러서는 행위는 우리 자신을 질식당한 존재로 하락시키는 것을 의미합니다.

자기 자신과 다른 사람을 너그럽게 용서하는 것은 우리를 자유롭게 만들며, 우리가 높이 비상할 수 있도록 우리의 정신을 자유롭게 하는 것입니다.

용서의 행위는 우리의 등에 짊어진 짐이 무엇이든지간에 그 짐을 가볍게 합니다. 용서는 상처 받은 영혼을 치유합니다. 용서는 영혼을 격려하며, 다시 한 번 도약할 수 있는 희망을 선사하는 것입니다.

행복한 삶에 대한 나의 희망은 용서하는 마음에 바려 합니다. 행복은 용서하는 마음에 달려 있고, 용서하는 마음은 나의 손길이 미치는 곳에 있습니다.

날마다의 경험과 몽상 속에서 우리는 자신이 열망하는 것을 찾아내고 있습니다.

무엇인가를 창조하고 건설한다는 것은 무척 소중한 일입니다.

나의 존재는 내가 그린 그림으로 인하여 이 세상에 남겨질 수 있는 것입니다.

우리는 더 아름다운 그림을 그릴 수 있습니다.

슬픔이나 후회 대신에 행복을 선택하는 일은 바로 우리 자신의 손에 달려 있습니다.

행복에 대한 믿음이 있다면 우리가 행복하지 못할 이유는 아무것도 없습니다.

나는 진정 행복합니다. 아름다운 풍경화 속으로 나는 천천히 들어갈 것입니다.

그림 속에서 나의 미소가 빛나고 있습니다.

수레바퀴 속에서

수레바퀴 속에서 1

나는 살기 좋은 장소를 만들기 위해
세상에 태어난 것이 아니다
세상이 좋은 것이든 혹은 싫은 것이든
다만 그 속에서 살아가기 위해 태어난 것이다

산다는 것은 우리 자신을 무한한 가능성으로 열어놓고 아무것도 배제하지 않는 것입니다. 어떤 방법으로도 우리는 삶의 고통에서 벗어날 수는 없습니다. 왜냐하면 고통과 기쁨은 서로 떼어놓을 수 없는 관계이기 때문입니다.

우리가 이 세상을 구원할 수 있다고 생각한다면, 우리 자신이 얼마나 위대하게 보일 것인가요!

그러나 우리가 할 수 있는 일은 최선을 다하면서 살아가는 것이 전부입니다. 쾌락이나 책임감, 권력, 사랑 등 우리를 밀고 당기는 여러 가지 힘 가운데 적절한 균형을 유지하면서 말입니다.

만약 우리가 어느 것 하나 배제하지 않고 모든 면에 관심을 보이면서 아무것에도 종속되지 않는다면, 우리는 가장 멋진 인생을 살 수 있을 것입니다.

이 세상이 우리를 향하여 활짝 열려 있습니다. 우리는 열려진 세상의 문 안으로 달려갈 수 있어야 합니다. 우리의 앞을 가로막고 있는 것은 아무것도 없습니다.

나에 대한 존경, 나에 대한 지식, 나에 대한 억제를 갖출 수 있다면 우리는 무엇이든지 할 수가 있을 것입니다. 가능성의 하늘⋯⋯. 나는 그 하늘로 날아오를 것입니다.

수레바퀴 속에서 2

사랑은 서로가 서로를 보살피고 거두는 것이다
한 사람이 아귀처럼 다른 사람을 잡아먹으면서
살아가는 것이 아니다

진정한 사랑은 타협입니다. 사랑은 함께 나누고 그 사랑을 다시 되돌려 받는 것입니다. 사랑은 어떤 다른 사람의 이익을 최우선으로 두는 것입니다.

사랑은 여러 가지 표현으로 나타날 수 있습니다. 그리고 다양한 행동으로 자신의 모습을 드러내고 있습니다.

사랑은 베푸는 마음이 진정한 것일 때, 받는 사람뿐만 아니라 주는 사람에게도 많은 것을 가져다주고 있습니다. 딱딱하게 굳어버린 우리의 영혼은 따스한 사랑에 의해 부드러워지는 것입니다.

우리는 다른 사람들과 관계를 맺으면서 우리 자신에 대하여 많은 것을 배우게 됩니다. 다른 사람들의 장점과 단점을 경험하면서 자신의 약점을 보완하고, 타고난 자질을 계발할 수 있는 기회를 얻게 되는 것입니다.

시간과 인내가 가르쳐주는 교훈은 그렇게 힘든 것이 아닙니다. 대부분의 경우에 사랑은 아주 느리게 성장하지만, 서로의 동반자로 살아가려는 결심이 생기게 되면 그 결실이 맺어지게 된다는 것입니다.

우리가 정성을 다해 사랑하는 한 사람 한 사람으로 인하여 우리의 생존은 더욱 안전하고 편안하게 되는 것입니다.

사랑하는 사람이 좀더 편안하게 살아갈 수 있도록 도와줄 때, 나의 사랑은 가장 잘 나타나게 되는 것입니다.

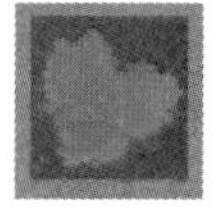

수레바퀴 속에서 3

나의 온몸은 바로 기쁨이다
노래다
검이다
불꽃이다

위대한 사람들이 공통적으로 지니고 있는 하나의 자질은 유머입니다. 유머는 삶의 투쟁과 승리를 조금 떨어진 곳에서 바라볼 수 있는 능력이라고 할 수 있습니다.

우리의 인생은 결코 사소한 것이 아닙니다. 하지만 지구 위에 촘촘하게 짜여 있는 거대한 생명의 거미줄의 일부분일 따름입니다. 수많은 그물이 우리를 하나로 연결하고 있는 것입니다.

만약 균형된 삶을 살아간다면 작은 승리를 거두었다고 해서 자만하지 않을 것이며, 한 번의 패배에 낙심하지도 않을 것입니다. 작은 승리가 우리의 미래를 행복하게 만들지 못하고, 한 번의 패배가 영원한 절망을 안겨주는 것도 아니기 때문입니다.

다만 최선을 다한다는 신념을 가지고 꾸준히 살아가야 합니다.

내 인생의 최고 목표는 바로 산다는 것, 그 자체입니다.

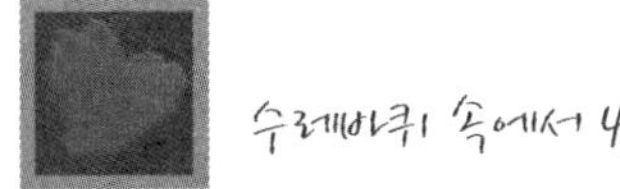

당신이 진정으로 사랑받기를 원한다면
무엇보다도 먼저 당신 자신을 사랑하고
사랑스럽게 되기 위하여 노력해야 한다

우리 모두는 사랑받기를 간절하게 원하고 있습니다. 그것은 우리의 보편적인 속성이라고 할 수 있습니다.

우리는 다른 누군가의 삶에서 내가 아주 중요하게 여겨지기를 바라는 것입니다. 우리의 삶은 언제나 많은 것을 원하고 있습니다. 우리는 삶이 우리에게 가르쳐주는 것을 모두 수용해야 하는 것입니다. 우리는 다른 사람의 도움과 사랑을 필요로 하고 있으며, 그리고 많은 사람들이 나를 필요로 하고 있다고 말합니다.

우리 모두는 서로 너무 비슷합니다. 그러나 여기에서 사랑의 모순이 생겨나는 것입니다. 우리는 언제나 사랑을 원하면서 살아갑니다. 하지만 다른 사람에게 나를 사랑하라고 요구하면, 그 사랑은 더욱 줄어들게 되는 것입니다.

사랑은 내가 다른 사람에게 베풀면 반드시 나에게 돌아오게 됩니다. 내가 약속할 수 있는 것은, 이 사실을 우리 모두가 믿을 수 있다는 것입니다.

사랑의 진실은 우리가 머물러 있는 지점에서 너무 멀리 떨어져 있습니다. 사랑을 보내는 사람과 그 사랑을 받는 사람 사이를 연결시켜 주는 길이나 다시 돌아오는 길은 종종 우리에게 멀게만 느껴집니다. 하지만 너무 가까운 거리에 있는 것이기도 합니다.

사랑을 찾아서 돌아다니는 것보다 모두에게 사랑을 베풀기로 마음먹는 것이 우리에게 좋은 영향을 미치게 될 것입니다. 그렇게 된다면 우리의 삶은 더욱 행복하게 되고, 사랑의 풍요로운 보답은 먼 곳까지 이르게 될 것입니다.

다른 사람을 사랑하는 것은 내가 그대에게 원하는 사랑을 확인하는 것입니다. 그러나 내가 먼저 사랑을 주지 않는다면, 그대의 사랑 또한 기대할 수 없습니다.

수레바퀴 속에서 5

나의 일은 도저히 진가를 평가할 수 없을 정도로
대단한 가치가 있다
그러기에 나는 다른 사람의 비난이나 칭찬의 소리에
별로 신경을 쓰지 않는다

과거에 있었던 중요한 사건들의 영상을 떠올려보는 것은 매우 유익한 일입니다. 그렇게도 많았던 과거의 숱한 영상들이 이제는 망각의 늪 속으로 빠져들고 있습니다. 그 당시에는 몹시 중요한 사건들이었는데…….

그런데 과거에는 별로 유명하지 않았던 사람이 현재에는 중요한 인물로 등장하는 경우가 있습니다. 누가 사십 년 전의 신문 칼럼니스트나 베스트셀러 작가들을 기억하고 있을까요? 그 당시에는 그들의 이름이 많은 사람들의 입에 오르내리고 있었을 것입니다.

우리는 인생이, 그리고 역사가 빠르게 흘러가고 있다는 생각을 하게 됩니다. 나아가 현재 우리가 살고 있는 시

대가 과거의 시대보다 더욱 빠른 속도로 흘러간다고 생각합니다. 이것은 정보의 힘 때문입니다.

우리의 인생은 정보의 힘에 의한 간접적인 경험, 다시 말하자면 다른 사람의 경험을 받아들이고 있습니다. 우리는 숱한 정보 속에서 좀더 많이, 좀더 빠르게, 좀더 많은 사람에 관하여 알게 되는 것입니다.

그런 정보를 정리하고 선택하면서 나름대로 수용할 수 있는 지혜가 필요한 시대입니다.

삶의 소중함을 나는 믿고 있습니다. 보다 넓은 인생의 대륙을 탐험할 수 있는 용기는 내 삶에 대한 믿음으로부터 비롯되는 것입니다.

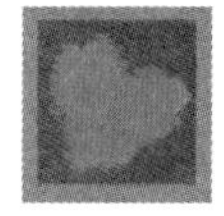

수레바퀴 속에서 6

어린아이들은 훈계보다는
따스한 인도와 이해를 원한다

어린아이란 단지 열 살 이하의 사람만을 의미하는 것이 아닙니다. 우리는 모두 어린아이의 마음을 지니고 있습니다. 가끔씩 우리는 열 살짜리 어린아이처럼 주저하고 망설이면서, 다가올 결과를 두려워하기도 합니다.

나이와 상관없이 새로운 도전을 받는 사람은, 누구나 다정한 위로와 현명한 충고를 필요로 하는 것입니다.

이런 사람에게 따끔한 훈계를 늘어놓는 것은 역효과를 내게 됩니다. 스스로 상황에 대처해 나갈 수 없게 만들고, 소극적인 자세와 앞날에 대한 두려움을 심어주기도 합니다.

하지만 앞으로 다가올 일에 대하여 너무나 자세한 설명을 해주는 것도 발견의 기회를 빼앗는 일이 됩니다. 새로운 일에 부딪혀 당황하는 것도 경험의 소중한 일부분

입니다.

인생은 거대한 학습장이라고 할 수 있습니다. 우리 모두는 어느 정도 이 학습장에서 좌충우돌하고 이런저런 실패를 거듭하는 어린아이들과 비슷합니다. 우리에게 가장 필요한 힘은 문제들을 스스로 풀어가는 능력입니다.

스스로 어려움을 해결하면 인생에 대한 새로운 이해가 생길 것입니다. 또한 성장이라는 인생의 선물이 주어지는 것입니다.

나는 어린아이에게 따스한 격려를 해줄 것입니다. 그리고 현명한 사람의 충고를 기꺼이 받아들일 것입니다.

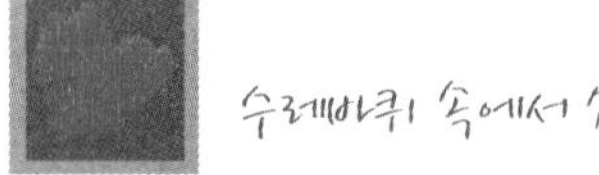

우리는 무감각한 사람들이다
진정으로 감각이 있는 존재라면
어찌 다른 사람들을 그토록 괴롭히겠는가!

다른 사람들의 고통은 우리에게도 괴로운 것입니다. 하지만 우리는 그 고통의 느낌을 완충시켜 주는 두터운 피부를 가지고 있습니다. 그것은 우리의 양심을 막아주는 훌륭한 보호막 역할을 하고 있습니다.

우리는 지구 위의 모든 생명체들과 연결되어 있다는 사실을 잘 알고 있습니다. 하지만 고문을 당하는 희생자들이나 살육되는 짐승, 혹은 굶주린 아이의 고통을 무시할 수 있을 정도로 무감각한 존재이기도 합니다.

우리의 피부가 두터운 것은 한 가지 의미에서 좋은 점을 지니고 있습니다. 많은 사람들이 불행하고 고통받는 세상에서 몇몇 사람들은 아무런 가책도 없이 건강하고 행복하게 살아갈 수 있다는 것입니다.

하지만 그 피부가 너무 두터울 때 우리는 무감각해질 수가 있습니다. 우리는 현실에 대해 눈을 감아버리고, 모든 사람들이 우리처럼 잘살고 있다고 스스로를 속이게 되는 것입니다.

다른 사람의 고통에 대하여 적절하게 반응하는 것은 어려운 일입니다.

하지만 우리의 도움으로 숱한 고통이 줄어들 수 있습니다. 많은 사람들이 다른 사람들의 행복을 위하여 조금만 노력한다면 말입니다.

우리의 '감수성'은 우리가 노력한 만큼 깊어지는 것입니다.

나는 다른 사람들의 고통의 소리에 귀를 기울일 것입니다. 그리고 나의 도움이 필요한 사람들에게 사랑의 손길을 내밀 것입니다.

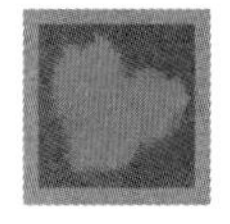

수레바퀴 속에서 8

어린아이들도 현실을
직접 경험할 수 있는 기회를 가져야만 한다
장미꽃에서 가시를 뽑아버릴 수는 없는 것이다
가시를 뽑을 때 장미는 더 이상 살아갈 수 없다

현실은 항상 즐겁기만 한 것이 아닙니다. 오히려 고통스러운 순간이 더욱 많다고 할 수 있습니다. 즐거움뿐만 아니라 고통까지 받아들일 수 있게 되는 것은 성장하는 과정의 일부분입니다.

고통으로부터 철저하게 보호받거나 몸을 숨긴다면, 기쁨의 황홀경을 맛볼 수 있는 기회 또한 가질 수 없는 것입니다.

삶의 흥망성쇠에 얼마나 유연하게 대응할 수 있는가에 따라, 그 사람이 얼마나 성숙한 것인지 가늠할 수 있습니다. 다양한 경험 속에 삶의 진실이 놓여 있는 것입니다.

성장을 위한, 황홀한 기쁨을 위한, 그리고 고요한 명상을 위한 기회가 여러 가지 경험을 통하여 날마다 우리에게 선물로 주어집니다. 이러한 경험들을 철저하게 소화한다면 우리는 더욱 강해지고, 미래의 일에 대하여 준비를 할 수 있을 것입니다.

고통을 피해 숨을 수는 없습니다. 오히려 고통을 통해 성장할 수는 있습니다.

삶은 나에게 기쁨뿐만 아니라 고통도 가져다줄 것입니다. 내일을 준비하기 위하여 나에게는 두 가지 경험이 모두 다 필요합니다.

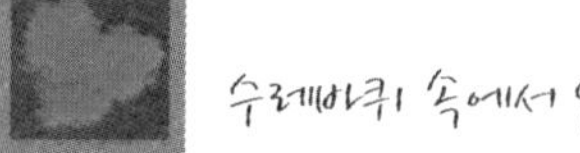

이 세상은 너무나 몰인정하지 않은가?
그런데 너는 이곳으로 들어와야 한다는 말인가?
그대, 죽음이여?

피난처가 있다는 생각은 우리에게 힘을 줍니다. 어떤 사람에게 피난처란 어두운 지하실이거나, 혹은 세상의 소음을 막아주는 헤드폰입니다. 또 어떤 사람에게는 밀폐된 작업실이나 정원, 혹은 침실이 피난처의 역할을 하게 됩니다.

어떤 사람은 나 자신이 아닌 종교적인 믿음에서 피난처를 찾고 있습니다. 믿음 안에서 죽음을 극복할 수 있는 힘을 발견하는 것입니다. 그리고 우리의 존재 그 자체가 신의 선물이라는 인식을 얻게 됩니다.

어떤 사람은 다른 사람에게 봉사하는 일에서 피난처를 구합니다. 봉사를 통하여 새로운 생명의 힘이 우리의 내부에서 흘러 넘치는 것을 느낄 수 있는 것입니다.

죽음은 인생의 일부입니다. 그것은 삶의 다른 사건들처럼 오래 전에 예정된 일입니다. 태어나고 자라고 병들며 죽는 것입니다.

하지만 정신적인 피난처는 우리를 또 다른 차원의 세계로 인도합니다. 그곳에서 삶과 죽음의 힘은 하나로 결합하여 완전한 합일을 이루는 것입니다.

더 높은 위대한 진리가 우리의 마음속에 깃들여 있습니다. 필요할 때마다 우리는 그 진리를 불러낼 수 있는 것입니다.

내가 다른 사람을 향하여 관심을 쏟을수록 나는 내적으로 더욱 강해질 수 있습니다.

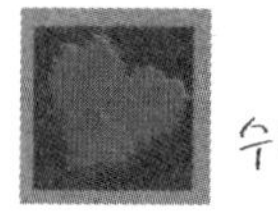

수레바퀴 속에서 10

인생이란 막막한 해변에 놓여 있는
부서지기 쉬운 조개 껍데기라고 나는 생각했다
그러나 나는 마치 새로 태어나기라도 한 것처럼
삶이 지니고 있는 엄청난 근원적인 경이로움에 대하여
다시 한번 생각하고 있다

인간과 별들의 기원에 대한 엄청난 경이로움은 느닷없이 우리의 마음속에서 떠오르기도 합니다. 우리가 어른이 되어서 천문학이나 인간의 생성에 대한 과학적인 지식을 갖추게 되더라도 말입니다.

한 알의 씨앗이 새싹을 틔우는 것은, 컴퓨터가 일 초에 수천만 번의 연산을 처리하는 기계적인 기적보다도 더욱 놀라운 것입니다.

경이로움에 잠긴 적이 있습니까?

태양계나 인간 생리의 광대한 정교함을 처음으로 깨달았을 때 우리의 온몸을 감싸던 그 경이로움에 대하여 여전히 마음을 열고 있습니까?

모든 위대한 종교들은 신비로운 이야기를 들려주고 있습니다. 위대한 신의 존재와 인간의 탄생, 삶과 죽음의 변화에 대한 이야기를…….

놀라운 경이로움 속에서 이러한 이야기를 듣는 것은 아주 당연한 일입니다. 경이는 커다란 선물입니다. 그 속에는 존경과 지식의 씨앗이 깃들여 있습니다.

인생은 매우 섬세하기 때문에 부서지기 쉬운 것입니다. 그리고 나의 영혼을 충만하게 만드는 모든 것을 품고 있습니다.

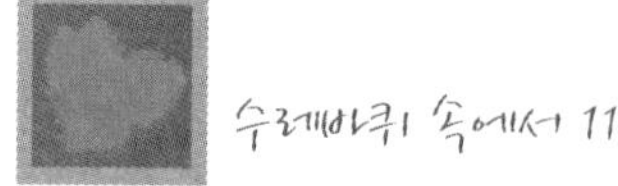

수레바퀴 속에서 11

어머니와 딸에게 안전한 세상을 만든다고 상상한다면
우리는 모든 것을 이룩할 수 있다

사회가 내재하고 있는 폭력과 위험에 대하여 많은 사람들이 여러 번이나 관심을 보이고 있었습니다. 그러나 평화와 안정을 이룩할 수 있는 가능성은 극히 적은 것처럼 보입니다.

더욱 커다란 폭력을 통해 폭력을 잠재우려는 생각은 우리 모두에게 공통된 것입니다. 무기나 감옥이나 형벌 등의 폭력을 이용하는 것입니다.

하지만 지혜를 얻은 인류의 스승들은 한결같이 힘을 힘으로 맞서지 말라고 가르쳤습니다. 평화와 화해만이 폭력을 막을 수 있고 그 해악을 근절시킬 수 있는 것입니다.

올바른 판단을 하는 사람이라면 어느 누구도 전쟁을 원하지 않습니다. 하지만 우리는 폭력적인 사고방식에 너무나 길들여져 있기 때문에, 항상 폭력에 대비하고 있어야만 한다고 믿고 있습니다.

그러나 평화를 위하여 어떻게 대비할 것인가요? 가장 먼저 우리가 해야 하는 일은 무엇인가요? 아니, 도대체 평화라는 것이 무엇인가요?

우리는 평화에 대해 알고 있는 것이 거의 없습니다. 어머니와 딸에게 안전한 세상은 아버지와 아들에게도 또한 안전할 것입니다.

나는 더 이상 폭력에 대해 생각하지 않을 것입니다. 그 대신에 평화와 안녕을 추구할 것입니다. 평화와 더불어 나의 생명이 시작되었기 때문입니다.

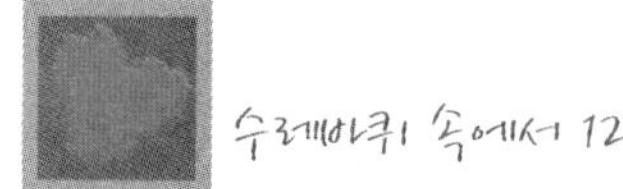

중요한 자리에 오른 여성들이
항상 다른 여성의 사회활동을 북돋아주는
지지자가 되었던 것은 아니다

어떤 사람들은 자선을 골칫거리로 생각합니다. 심지어 적개심까지 드러내기도 합니다. 다른 사람에게 무엇인가를 나누어준다는 것이 그들에게는 너무나 불공평한 일로 느껴지기 때문입니다.

"나에게 도움을 준 사람은 단 한 사람도 없었어."

"내 재산은 모두 나 혼자 피땀을 흘리면서 노력한 결과야."

그들은 다른 사람을 도와주는 것을 거부할 만한 정당한 이유라도 있는 것처럼 이렇게 말하고 있습니다.

다른 사람에게 도움을 준다고 해서 우리가 손해보는 것은 하나도 없습니다. 오히려 우리의 영혼은 더욱 새롭게 변할 수 있습니다. 하지만 다른 사람의 성공이 곧 나의 실패를 의미할 것이라는 두려움 때문에 우리는 경쟁심과 적개심을 품게 되는 것입니다.

경쟁심은 우리를 유치하게 만들고 있습니다. 무슨 일이든 경쟁을 해야만 하는 사람은 불행한 운명을 타고난 사람입니다.

우리 모두가 각각 한 가지 점에서는 최고라는 깨달음을 얻을 때, 비로소 다른 사람을 누르고 최고가 되려는 헛된 시도를 멈출 수 있게 될 것입니다.

나는 다른 사람을 사랑하는 일에 최고가 될 것입니다.

수레바퀴 속에서 13

희망이란 원래 있는 것이라 말할 수 없고
없는 것이라 말할 수도 없다
그것은 지상의 길과 같은 것이다
걸어가는 사람이 많아지면 그것이 길이 된다

인생의 길은 여러 갈래로 이어져 있습니다. 그 길은 좌절과 고통, 슬픔을 안고 있습니다. 자신의 의지대로 그 길을 걸어간다는 것은 몹시 어려운 일이기도 합니다.

우리에게 인생의 확고한 목적이 있을 때, 우리의 일에 간섭하는 사람의 비난이나 칭찬의 말에 신경쓰지 않고 오직 목적을 향해 앞으로 나아갈 수 있습니다.

그런데 너무 일찍 성공한 사람 중에는 쉽게 좌절하고 자신의 길에서 일탈하는 사람이 많습니다. 마음속에서 교만의 싹이 자라나기 때문입니다. 그런 사람들은 이해보다는 자만의 시선으로 이 세상을 바라보려고 합니다.

우리의 인생이 나아가는 속도는 우리가 인생의 방향을

어디로 잡느냐에 달려 있습니다.

인생의 실제적인 위치와 중요성도 우리가 선택하는 인생의 방향 아래에 놓여 있는 것입니다.

보잘것없고 아무런 가치도 없어 보이는 것들이 사실은 축복이 될 수 있습니다. 그것은 나의 가치를 절대로 왜곡시키지 않을 것입니다.

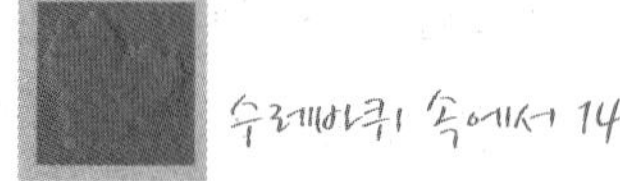

소란스러운 세상에서
커다란 슬픔과 침묵 속에 잠길 만한
장소를 찾기란 몹시 힘들다

많은 사람들이 활기차고 소란스럽게 삶을 살아갑니다. 돈을 벌고 집과 가정을 보살피면서 사회에 봉사하기 위하여 정신없이 바쁘게 돌아다니는 것입니다. 마치 씨름판에 나선 선수처럼 인생이라는 상대를 붙잡고 노력하는 것입니다. 하지만 우리는 중요한 그 무엇을 잊어버리고 살아가는 것이 아닐까요?

가끔씩 우리는 깊은 슬픔과 침묵의 우물 속에서 메마른 영혼을 적셔주어야 할 필요성을 잊어버리고 있습니다. 슬픔은 우리의 영혼을 성장시키는 것입니다. 슬픔을 경험한 후에야 우리는 치유받을 수 있습니다.

인생에는 필연적으로 겪어야만 하는 상실감이 있습니다. 인생의 상실을 완전히 이해할 수 있어야 우리는 삶을 계속 살아가기 위한 활기를 얻을 수 있는 것입니다.

부모님과 친구, 연인, 어린아이들, 그리고 존경하는 선생님들도 모두 언젠가는 죽어서 어느 누구도 그 자리를 대신할 수 없게 됩니다. 사랑하는 사람을 잃어버린다는 것은 우리에게 커다란 의미가 있는 것입니다. 그리고 그 의미를 깨닫기까지는 오랜 시간과 많은 위안이 필요할지도 모릅니다.

슬픔은 사람을 변화시킬 수 있습니다. 우리는 세상으로부터 벗어나, 조용하고 예민한 마음으로 삶이 주는 귀중한 선물에 다시금 깊이 감사하게 될 것입니다.

인생의 선물 가운데 하나는 바로 침묵입니다. 고요한 명상 속의 침묵을 통하여 우리의 감정을 다스림으로써 평화에 이를 수 있는 것입니다.

기쁜 일이나 사랑, 즐거움만이 인생의 선물은 아닙니다. 슬픔과 침묵도 귀중한 선물로 받아들일 수 있어야 합니다. 나는 그것을 통하여 많은 교훈을 배울 수 있습니다.

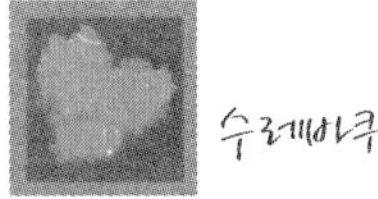

수레바퀴 속에서 15

인간의 온갖 슬픔 가운데 가장 견디기 어려운 것은
혼자서 겪는 슬픔이다

기술 문명은 놀라운 발달을 거듭하게 되었습니다. 그리고 과학은 우리 모두를 완전히 파괴할 만한 무서운 힘을 만들어냈습니다.

이토록 위험한 세상에서 우리는 어떻게 안심하고 살아갈 수 있을까요?

평화는 마음속에서 시작되는 것입니다. 모든 사람들이 나름대로의 갈등을 지니고 있습니다. 그리고 화해할 수 있는 능력도 소유하고 있습니다.

인간 정신의 위대함은 선택할 수 있는 능력에 달려 있습니다. 절망을 버리고 우리의 능력을 창조적인 일에 사용하는 길을 선택하는 것입니다. 평화는 먼저 우리의 마음속에서 일어나는 전쟁을 해결할 수 있을 때 시작되는 것입니다.

지구상의 역사는 우리가 평화를 위해 고귀한 선택을 할 수 있도록 준비하고 있습니다. 한 사람 한 사람이 마음 속의 진실에 귀를 기울일 수 있어야 합니다. 그 속에 모든 지혜가 깃들여 있으며, 그 속에 사랑과 창조를 위한 능력이 숨어 있는 것입니다.

내 마음속의 평화에 귀를 기울일 때, 나의 영혼은 위안 받을 것입니다.

많은 경우에 침묵은 가장 잔인한 거짓말이다

어떤 일에 대한 설명이나 충고, 혹은 격려를 해주지 못하는 경우가 자주 벌어지고 있습니까?

아무리 상황이 심각하다고 하더라도 말을 하지 않고 침묵을 지키는 것은 항상 우리의 선택에 달려 있다고 할 수 있습니다. 다른 사람의 고통을 덜어줄 수 있고 한 줄기 희망을 안겨줄 수 있지만, 여전히 아무런 말도 하지 않는 것은 잔인한 일입니다. 그리고 잔인한 행동의 결과는 결국 자신에게로 되돌아올 것입니다.

'뿌린 대로 거두리라' 는 말은 진리입니다.

우리의 행동이 주위 사람들에게 소중하고 특별한 것이라는 사실을 우리는 기억하고 있어야만 합니다. 우리는 서로 조화를 이루면서 앞으로 전진해 나가는 것입니다.

우리 가운데 한 사람이라도 머뭇거리거나 실수를 한다면, 다른 사람들도 똑같이 실수를 저지르게 되는 것입니다.

우리는 서로의 존재를 확인시키기 위하여 살아가고 있습니다. 현재의 시간에 충실하고 정직할 때 우리는 자신의 역할을 완수하는 것입니다.

나는 인생의 무대에 서 있습니다. 나의 대사를 충실히 전달할 수 있어야 합니다. 사랑이 담긴 나의 말은 많은 사람들에게 도움이 될 것입니다.

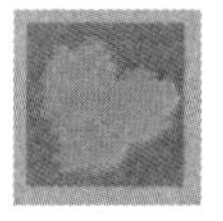

축제의 신 바쿠스와 함께 실컷 먹고 마셔라
그렇지 않으면 제우스와 함께 메마른 빵을 먹어라
하지만 어떤 신도 참석하지 않은 자리에는
앉지 말아야 한다

부족 사회의 경우처럼 종교적인 사회에서도 일상적인 사건들이 신성하게 여겨지고 있습니다. 정통 유대교와 베네딕트 파의 신부들은 그러한 점에서 아주 비슷하다고 할 수 있습니다.

경건한 불교 승려나 이슬람 신도 역시 마찬가지라고 할 수 있습니다. 기도와 제사가 특별한 경우에만 행해지는 것은 아닙니다. 잠자는 것이나 깨어 있는 것, 몸을 씻고 소박한 식사를 하는 것까지 모두가 기도인 동시에 제사인 것입니다.

단순하고 일상적인 생활 속에서 정신적인 수준을 표현하는 일은 얼마든지 가능합니다. 그렇게 표현할 때마다 우리의 영혼은 보다 강건해지고, 우리의 인생은 더욱 밝아지는 것입니다.

우리의 사소한 행동 하나하나가 영혼의 궁극적인 진실과 연결되고 있는 것입니다. 영적인 결속이 강할수록 두려움과 회의에 사로잡히는 일도 줄어들게 됩니다.

일상적인 생활 속에서 믿을 만한 인도자를 마음속에 품고 있다면, 어려움에 처했을 때 홀로 방황하는 일은 없을 것입니다.

나의 영혼에 지혜로운 양식을 주면, 영혼은 점점 더 강해질 것입니다.

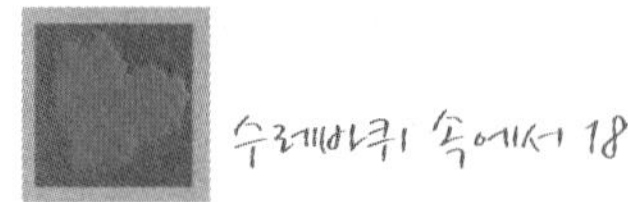

나 자신과 어린아이들과 미래에 대한
확고한 책임감이 우리를 기다리고 있다
나는 좋은 상상만을 하게 될 것이다
왜냐하면 미래는 우리가 얼마나
높은 이상을 품고 있는가에 달려 있기 때문이다

우리가 살고 있는 세상은 각자의 책임감에 의존하고 있습니다. 이 세상은 우리가 얼마만큼이나 우리의 재능을 발전시키고 좋은 일에 사용하는가에 전적으로 달려 있는 것입니다.

좋은 세상에서 살아가는 것을 희망한다면, 어느 누구도 가족과 친구와 동료에게 최선을 다해야 한다는 의무로부터 벗어날 수 없습니다. 세상은 우리가 만들어가는 것입니다.

외적인 생활환경을 개선해 나가는 우리의 힘은 몹시 커다란 것입니다. 서로에 대한 사적인 감정이나 일상적인 일에 대한 태도 하나하나가 우리의 환경을 바꾸어놓을 수 있는 것입니다. 어떤 행동이나 어떤 생각도 우리의 주위에 아무런 영향을 미치지 않고 지나쳐버리는 일은 없습니다.

우리는 우주를 공유하고 있습니다. 우리는 우주가 베푸는 모든 것을 움직이고 있는 동력입니다.

내가 이 세상에 얼마만큼이나 공헌하고 있는가에 대하여 정확하게 알 수는 없습니다. 하지만 나의 행동은 절대적인 영향을 줄 수 있을 정도로 심오한 것입니다.

수레바퀴 속에서 19

절대로 당신이 참을 수 없는
어떤 것이 있게 마련이다

강한 정신을 가진 사람은 거짓말을 참지 못합니다. 자유로운 영혼은 구속을 견딜 수 없습니다. 우리의 영혼을 사랑과 애정으로 가꾼다는 것은, 마치 정원에서 자라고 있는 잡초를 뽑아내듯이 헛된 자만심과 허영심을 없애버린다는 것을 의미합니다.

때때로 나 자신에게 과연 훌륭한 가치가 있는 것인지 의심하면서, 우리는 스스로를 공격하고 있습니다. 혹은 나의 진실을 산산조각으로 부숴버린 다음 아무 일도 아니라고 스스로를 위로합니다.

하지만 그것은 중요한 일입니다. 우리는 훌륭한 대접을 받을 만한 가치가 있는 존재입니다. 인생의 가장 좋은 것을 누릴 수 있는 자격이 있습니다.

정신적인 폭력의 대가로 얻어진 평화는 진정한 평화가

아닙니다. 그것은 또 다른 억압인 것입니다.

명상을 통하여 우리의 영혼은 폭력과 맞설 수 있는 힘을 기르게 됩니다. 오늘 그리고 내일, 우리는 더 가치 있는 사람이 되기 위하여 노력할 것입니다.

나 자신의 진실에 귀를 기울일 때, 나는 참된 인도를 받을 것입니다.

수레바퀴 속에서 20

나는 무한을 상상할 수 없다
하지만 한계를 받아들이지도 않을 것이다
나는 끊임없이 전진하는 삶의 모험을 원한다

인생의 파라독스는 그 끝을 생각할 수 없으면서도 끝이 있다고 생각하는 것에 깃들여 있습니다. 이러한 딜레마에서 벗어나는 길은 원의 모형을 생각하는 것입니다. 시간의 거대한 원을 생각하면, 잠시도 쉬지 않고 회전하는 이미지가 떠오르게 됩니다.

인생의 모험은 끝도 없이 계속되고 있습니다. 그것은 우리보다 앞서 존재하고 있었으며, 우리 이후에도 영원히 존재할 것입니다. 인간은 계속해서 투쟁하고 정복당할 것입니다.

현재의 시간은 곧바로 과거가 되어버리고 있습니다. 우리는 미래를 통제할 수 없습니다. 하지만 어느 정도 미래에 영향을 미칠 수는 있습니다. 시간의 영역 속에서 우리가 살아가고 있다는 사실은 또 다른 파라독스입니다. 우리 모두는 인생이라는 짧은 반원을 그리면서 살아가고 있는 것입니다.

하지만 그 인생은 너무나 값지고 광대한 것입니다. 그리고 다른 사람과의 관계에 의하여 무한히 확장될 수 있는 것입니다. 다른 사람과 맺은 관계는 우리를 그들의 삶 속으로, 그들을 우리의 인생 속으로 들어오도록 만들고 있습니다. 우리가 공통된 관심을 나눌 때 우리의 영혼은 더욱 풍요롭게 변할 것입니다.

여기에 또 다른 파라독스가 있습니다. 모든 인간은 혼자입니다. 하지만 혼자서 인생의 긴 행로를 걸어가는 사람은 아무도 없습니다.

삶의 행로를 통해 삶은 고양되고 있습니다.

자유란
무슨 짐을 질 것인가 선택하는 일이다

어쩐지 두려움에 사로잡히는 시간이 있습니다. 고통을 통해 교훈을 얻고 두려움을 극복함으로써 성장한다는 사실은, 단지 모든 어려움이 지나간 후에나 생각할 수 있는 것입니다.

고통과 근심을 눈앞에 두고 있는 그 순간에는 기쁨도, 평화도, 안정감도 없습니다. 우리는 단지 두려운 시간만을 피부로 느끼게 되는 것입니다.

하지만 우리는 고통스럽지 않은 일은 없다는 사실을 기억하고 있어야 합니다. 물론 우리에게는 온갖 책임과 불쾌한 상황을 거부할 수 있는 자유가 있습니다.

그러나 모든 고통으로부터 완전히 해방될 수는 없는 것이 인간의 존재 조건입니다.

가까이 다가오는 현실의 무게를 새로운 눈으로 바라보

고 나의 책임을 받아들인다고 해서 고통이 줄어드는 것은 아닙니다. 하지만 정신적인 힘을 더욱 증가시킬 수는 있습니다.

우리는 나약하고 아무런 가치도 없는 존재가 아닙니다. 우리는 모든 면에서 훌륭한 동반자입니다. 아무리 어려운 순간에도 그 어려움을 극복할 수 있는 힘을 지니고 있는 것입니다.

나에게는 내가 되고 싶은 사람이 될 수 있는 자유가 있습니다. 성장하거나 성장하지 않거나, 기쁨을 느끼거나 고통을 느끼거나, 모두가 나의 자유입니다.

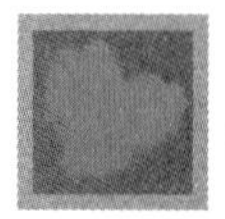

수레바퀴 속에서 22

현실은
우리가 현실에 대하여
어떤 개념을 가지고 있는가에 따라 영향을 받는다

하루의 시간을 맞이하는 행동에 따라 그날의 색깔이 달라집니다. 반갑게 맞이한다면 하루의 일과가 몹시 즐거울 것이고, 우울하게 맞이한다면 우리는 슬퍼할 수밖에 없을 것입니다.

우리에게는 자신의 마음 상태를 결정할 수 있는 힘이 있습니다. 그리고 마음 상태에 따라 행동이 달라지는 것입니다.

우리가 스스로의 힘으로 미래를 결정할 수 있다는 것은 어쩌면 두렵고 어쩌면 즐거운 일입니다. 하지만 우리는 미래의 모습을 아주 능숙하게 조절할 수 있습니다.

만약 우리가 더욱 많은 웃음과 자유와 보람을 원한다면, 그것은 전적으로 우리의 능력에 달려 있습니다. 우리가 놓아주지 않는 한, 사랑과 행복은 절대로 달아날 수 없는 것입니다.

하지만 우리는 먼저 행동을 위한 방향을 설정해야 합니다. 그리고 그 길을 따라서 걸어가야 하는 것입니다.

나는 내가 원하는 곳으로 가고, 내가 원하는 것을 보고 있습니다. 모든 것이 마음의 눈에 따라서 변할 수 있습니다.

수레바퀴 속에서 23

천재성의 경우처럼
재능이라는 것도
고통을 견딜 수 있는 무한한 능력이다

인생을 살아가는 과정에서 쉬운 길은 없습니다. 힘든 투쟁이 없는 날은 거의 존재하지 않는 것입니다. 어떤 날은 혹독한 시련과 싸워야만 합니다. 하루하루의 시간이 우리의 어깨를 짓누르고 있는 것입니다.

우리가 성장할 수 있는 기회는 힘겨운 결정을 통해 얻어지고 있습니다. 가끔씩 우리는 고통스러운 경험이 없다면 개인적인 성장도 이룰 수 없다는 사실을 상기할 필요가 있습니다.

먼저 고통이 찾아오고, 그런 다음에 새로운 해결책을 발견할 수 있는 것입니다. 우리가 스스로를 믿고 고통을 견딜 수 있을 때, 항상 새로운 해결책이 나타나게 됩니다.

고통이 없는 인생은 문제도 없고, 발전도 없습니다. 사방이 꽉 막힌 물길처럼 정체하게 마련입니다.

절대로 해결되지 않는 문제는 없습니다. 사랑과 인내를 받아들일 때 그 해답은 저절로 우리에게 다가올 것입니다.

나는 평화로운 시간을 맞이할 것입니다. 힘겨운 투쟁이 다가온다고 하더라도 나는 그것을 소중하게 여길 것입니다. 그것은 바로 나의 성장을 의미하기 때문입니다.

수레바퀴 속에서 24

어느 한 곳에 존재하는 부정이
모든 정의를 위협하는 법이다
우리는 서로 긴밀하게 얽혀진 그물에 걸려 있다
운명이라는 매듭으로 단단하게 묶여 있는 것이다

안락한 집에 편안하게 머물러 있거나 일에 깊숙이 빠져 있을 때, 우리가 서로의 삶을 구성하고 있는 일부분이라는 사실을 기억하는 것은 몹시 어려운 일입니다. 그리고 우리가 사회의 영향을 받는 것처럼 우리의 행동 하나하나가 전체 사회에 영향을 미친다는 사실도 잊어버리게 됩니다.

잠시 동안 모든 일을 멈추고, 툰드라 벌판의 아름다운 광경을 생각하도록 하십시오. 순록의 무리가 초원을 달려가고 있습니다. 우리는 툰드라를 생명이 없는 죽은 땅으로 생각하고 있었습니다. 그러나 그곳의 생명들도 아주 섬세한 요소에 의하여 우리의 삶에 영향을 미치고 있습니다.

우리는 툰드라의 생명과 동일한 삶의 리듬을 이루고 있습니다. 똑같은 세계의 정령이 우리를 감싸고 있는 것입니다. 툰드라의 사슴에게 산소가 필요한 것처럼 우리도 산소가 필요합니다.

우리는 다른 사람과 의사소통을 할 수 있는 능력을 키워야 합니다. 하늘을 날아가는 참새나 푸른 풀잎처럼 우리도 서로 교류할 수 있어야 하는 것입니다.

운명이 우리를 만들어가고 있듯이, 우리도 운명을 만들어갈 수 있기 때문입니다.

나는 자연의 숨소리에 열중하고 있습니다. 화해와 사랑, 그것이 나의 운명입니다.

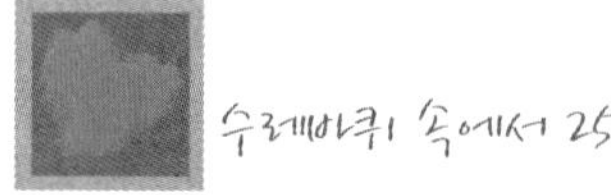

> 사람이 무절제하게 무엇인가를 갈망할 때마다
> 그의 마음은 불안해지는 것이다

현재를 소중하게 여길 때 우리는 평안을 얻을 수 있습니다. 그 순간에 감사하는 마음을 갖게 된다면, 다음 순간에 다가올 것의 가치를 더욱 높여주게 됩니다.

우리가 현재에 초점을 맞추지 않고 다른 시간이나 장소, 혹은 특이한 경험을 갈망한다면 우리는 절대로 노력의 결실을 거둘 수 없게 되는 것입니다.

영혼의 양식은 바로 여기 이 순간에 있습니다. 우리를 둘러싸고 있는 사회 속에, 우리가 참여하고 있는 활동 속에 존재하는 것입니다.

있는 그대로의 삶을 기뻐하는 것이 얼마나 소중한 일인지 이해하고 있는 사람은 거의 없습니다. 일상적인 사건 속에서 기쁨을 발견할 때마다, 아무리 사소한 사건도 평범하지 않다는 사실을 깨달아야 합니다. 한순간 한순간이 특별한 것입니다.

현실의 촘촘한 그물망은 온갖 사소한 사건들이 교묘하게 뒤얽혀 있습니다. 그리고 순간 순간의 보석들이 엮어져 휘황찬란한 빛을 발산하고 있습니다. 마치 우리의 발견을 기다리기라도 하듯이…….

나는 나에게 주어진 현실에 대하여 긍정적으로 대답할 수 있습니다. 그리고 마음에 평화를 얻을 것입니다.

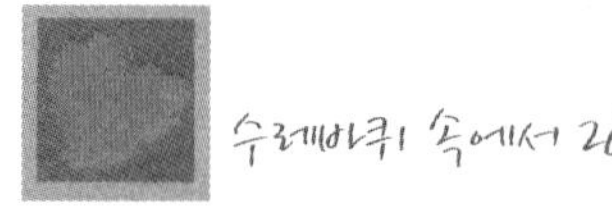

군중 속에서 남자와 여자들은 서로 만나고 뒤섞인다
하지만 모든 영혼은 홀로 서 있는 것이다

인생의 기쁨은 우리가 가까운 사람들과 얼마만큼이나 친밀감을 유지하는가에 달려 있습니다. 우리의 슬픔과 두려움과 명예를 다른 사람과 함께 나누는 일은 인생에서 맞이하는 모든 상황에 대하여 더욱 긍정적인 전망을 가지게 합니다.

하지만 아무리 깊은 교류를 나눈다고 하더라도, 여전히 우리는 철저하게 혼자서 인생의 고통과 상처와 긴장을 맞아들이지 않을 수 없습니다.

우리는 서로에게 의존하면서 이 우주를 공유하고 있습니다. 우리는 서로에게 도움을 베풀고 도움을 받습니다. 사실 거의 의식하지 못하면서 우리는 미로처럼 복잡한 방식으로 서로에게 연결된 삶을 살아가고 있는 것입니다.

우리가 절대적으로 서로에게 의존하고 있는 것처럼, 우리에게는 혼자만의 고요한 시간이 필요합니다. 그것은 고독을 의미하는 것이지, 외로움을 의미하는 것은 아닙니다.

우리의 영혼은 잠시도 쉬지 않고 이해와 평온과 확신을 추구합니다. 더불어, 그러나 혼자서 우리는 인생의 길을 여행하고 있는 것입니다.

내가 사랑하는 사람이 있습니다. 나를 사랑하고 있는 사람도 있습니다. 하지만 나에게 주어진 삶을 진정으로 이해하기 위하여 홀로 있는 시간이 필요할 것입니다.

소외란 객체로부터 분리된 주체로서
본질적으로 세상을 경험하는 것이다

우리가 추구하는 정신적 목표는 행동하는 자아와 관조하는 자아의 재통합을 이루는 것입니다. 분리된 자아는 몹시 고통스러운 것입니다. 우리는 정신적인 분열을 깊은 상처처럼 간직하고 있습니다. 그래서 광적인 몰두나 자기 파괴적인 방법을 통하여 자신의 고통을 잊어버리려고 노력합니다.

하지만 마음속의 상처는 쾌락이나 폭력에 의해 지워지는 것이 아닙니다. 감각적인 방법을 사용한다고 하더라도 우리는 이전과 다름없이 여전히 소외된 존재일 뿐입니다. 우리는 완전한 자아를 이루고 싶어합니다.

그러나 그것은 우리의 능력을 초월하는 현실의 실체를 인정한 후에야 이룰 수 있는 일입니다. 위대한 전체를 어떤 이름으로 부르든지 간에 우리는 그것이 더욱 고귀한 힘이라는 사실을 인식할 수 있어야 합니다. 그렇지 않으면 끊임없이 소외의 고통을 맛보아야 할 것입니다.

정신적 평정에 도달한다는 것은 평생 동안이나 계속되어야 하는 과정입니다. 우리가 이러한 목표를 가지고 있는 한 우리의 노력은 하나로 결속되고, 어떤 어려움 속에서도 우리의 관심은 흩어지지 않을 것입니다.

나는 정신적인 목표에 집중할 것입니다. 그리고 내적인 상처를 치유할 것입니다.

누가 용서와 동정의 가치를 의심할 것인가

어떤 사람은 자신에게 일어나는 오류를 도저히 받아들이지 못하는 것 같습니다. 그들은 언제나 인생의 오류들이 멀리 사라지기를 바라면서도, 그들 자신과 다른 사람에 의해 저질러진 실수를 결코 용서할 줄 모르며 그런 실수에 집착하고 있습니다.

우리는 과거와의 화해 없이는 정신의 안정과 성장을 기대할 수 없습니다. 만약 과거의 상처나 혹은 갈등이 곪아터져서 우리를 괴롭힌다면, 우리는 그것을 가만히 받아들이고 용서할 수 있어야 합니다. 그래서 그런 것들이 스스로 사라지도록 할 필요가 있는 것입니다.

무엇보다도 우리는 나 자신부터 용서할 수 있도록 해야 합니다. 과거의 잘못은 소중한 가치가 있는 교훈으로 변할 것입니다.

과거의 오류와 원한을 그대로 끌어안고 살아가기에

인생은 너무나 짧은 것입니다. 그것은 정신적인 성장을 위해 사용할 수 있는 활력과 시간을 허비하고 있을 뿐입니다.

우리 앞에 펼쳐진 하루하루는 몹시 새로운 것입니다. 그리고 이 새로운 나날들은 지금 당장 우리를 위해 사용할 수 있는 시간입니다. 우리는 깨끗하고 순수하게 하루를 맞이할 수 있으며 과거의 상처와 원한, 그리고 두려움으로 더럽게 얼룩진 하루를 보낼 수도 있습니다. 그 선택은 바로 우리가 하는 것입니다.

용서와 동정은 기름진 토양과 같은 것입니다. 그 비옥한 토양으로부터 미래의 풍요로운 수확이 흘러나오게 됩니다.

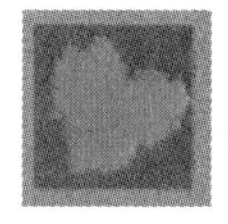

수레바퀴 속에서 29

자신에게서 무엇인가를 꺼내어
다른 사람에게 나누어주는 것,
그것은 인간적이고 자비로운 행동이며
마르지 않는 샘처럼 행복한 마음을 가져다준다

우리는 베푸는 일을 통하여 남다른 기쁨을 얻게 됩니다. 천진난만한 어린아이에게 베푸는 선물은 이 세상에서 가장 순수한 것이라고 할 수 있습니다.

곰 인형이나 작은 장난감에게 보이는 어린아이의 순수한 기쁨만이 우리가 얻을 수 있는 유일한 보상인 것입니다. 어떤 보답을 받게 될 것이라는 기대는 조금도 섞여 있지 않습니다.

그러나 어린아이가 성장함에 따라 우리는 선물을 하는 대상으로부터 무엇인가 보답을 기대하게 됩니다. 감사하는 마음이나 존경심 따위를 말입니다. 선물은 순수하지 않은 물건으로 되어버리는 것입니다.

친구나 연인에게 주는 선물은 여러 가지 의미가 담겨 있습니다. 그들과 함께 나누어 가진 추억들, 우리가 누리고 있는 풍요로움에 대한 감사의 마음이 깃들여 있는 것입니다. 우리는 스스로를 표현하려는 마음으로 선물을 하기도 합니다.

아마도 가장 순수하게 베풀 수 있는 선물은 아무도 모르게 하는 것이라고 할 수 있습니다. 자원봉사나 헌혈, 혹은 자선 등과 같은 선물 말입니다. 그러한 선물은 받은 사람들로부터 감사하는 마음이나 답례를 절대로 받을 수 없지만, 지나친 이기심 때문에 지치고 상처입은 우리의 영혼을 치유해 주는 것입니다.

나의 선물은 나 자신만을 위한 것이 될 수도 있습니다. 나는 언제나 이 사실을 기억할 것입니다. 선물은 다른 사람을 위한 것이 되어야 합니다.

재빨리 달려가서 어머니의 따스한 품에 안기겠다는
어린아이의 바람은 간절하다
당신은 어떠한 경우라도
이것보다 더욱 간절한 소원을 가질 수 없을 것이다

대부분의 사람들에게 어머니는 첫사랑의 대상입니다. 전 생애를 통하여 우리의 인간관계는 가장 최초의 관계에 의해 커다란 영향을 받게 됩니다. 어머니를 단순한 하나의 인간으로—우리 자신과 마찬가지로 사랑스럽지만 실패할 수도 있으며 흥미롭고 불완전한 존재로—바라볼 수 있다는 것은 진정 어른으로 성숙했다는 증거입니다.

어떤 사람들은 너무 일찍 어머니의 죽음을 맞이하게 되어서 괴로워합니다. 어떤 사람들은 오랫동안 어머니가 병들어 있는 상황을 용감하게 인내하고 있습니다.

어머니의 품을 그리워하는 어린아이의 마음은 우리의 가슴속에 아직까지도 그대로 남아 있습니다. 하지만 어머니와 지속적인 유대관계를 계속 유지하는 사람은 매우 드물다고 할 수 있습니다. 어른이 되어서도 따뜻한 보호와 사랑을 여전히 받을 수가 있다면 그것은 커다란 행운입니다. 사랑이 필요하지 않는 순간이란 절대로 없기 때문입니다.

가장 성공적인 사랑은 서로를 돌보아주는 마음에 기반하고 있습니다. 받는 것만큼이나 우리에게 필요한 것은 사랑을 주는 일이기 때문입니다.

어린 시절의 그 아이는 아직도 내 안에 살고 있습니다. 그러므로 내가 이 세상에 태어나서 가장 처음 사랑했던 어머니도 여전히 살아 있는 것입니다.

수레바퀴 속에서 31

어쩌면 바로 이 순간이
당신의 시간일지도 모른다
당신을 위하여 예정된 특별한 순간,
다른 모든 순간과 구별되는 영원의 순간인 것이다

"바로 이 순간이다."

이렇게 느껴지는 때가 있습니다. 우리는 미래를 위해 계획을 짜고, 과거의 기억을 더듬기도 합니다. 하지만 정말로 우리가 사용할 수 있고 행동할 수 있는 순간은 바로 지금입니다.

우리는 시간의 흐름을 막을 수 없습니다. 그 다음의 순간으로 서둘러 달려갈 수도 없습니다. 많은 사람들처럼 우리는 지루하고, 혼란스럽고, 어지럽고, 전혀 예측할 수 없는 시간 속에서 살아가야 합니다.

'나의 시간' 이라고 부를 수 있는 시간이 있다면, 그것은 바로 지금 현재일 뿐입니다. 현재 이외에 다른 시간은 없기 때문입니다. 아주 특별한 과거의 시절이 있었을지도 모릅니다. 어쩌면 소중한 미래의 순간이 예비되어 있을지도 모릅니다.

하지만 진정한 '나의 시간'은 오직 내가 살고 있는 지금뿐입니다. 그리고 이 시간에 무엇을 해야 하는지 결정하는 것도 바로 나의 몫입니다.

모든 시간은 나의 것입니다. 나의 선택에 따라 아름다운 것으로, 혹은 고통스러운 것으로 만들 수 있습니다.

수레바퀴 속에서 32

인간을 벌주기도 하고 도와주기도 하는
신이란 존재를 내던져 버린다면
얼마나 멋진 일이겠는가!
하지만 신을 생각하는 당신의 마음만은
내던져 버릴 수 없을 것이다

신에 대한 관념은 서로 다를 수 있습니다. 하지만 우리는 모두 신에 대한 생각을 가지고 있습니다. 비록 다 같이 위대한 아버지나 어머니의 형상을 숭배하지는 않더라도, 영적인 차원에서 우리 모두는 형제입니다.

영적인 자아를 부정하면 우리의 마음은 불안해집니다. 불안의 그림자가 우리의 마음을 뒤덮게 되는 것입니다.

우리가 원하는 삶의 여정은 항상 고요함을 추구합니다. 그리고 고요함이란 내적인 평화를 의미하는 것입니다. 어떤 사람은 수많은 다른 언어들 속에서 여러 형태의 해답을 추구할지도 모릅니다. 하지만 우리가 자신의 내면을 탐사한다면, 우리의 추구는 아주 단순하면서도 진실한 것이 될 것입니다.

나 자신에 대하여 정직할 수 있을 때, 눈부신 진리를 찾을 수 있습니다. 바로 그 순간 우리는 영적인 완전함에 대하여 진정으로 추구할 수 있는 것입니다.

'나의 신'을 찬미하겠습니다. 그리고 결코 다른 사람을 적대시하기 위하여 그것을 사용하지는 않을 것입니다.

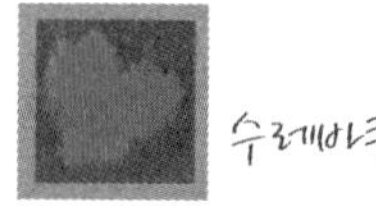

이제 중년의 나이에 접어들어
나는 갓 피어난 꽃처럼 신선한 진리를 모으고 있다
인생은 황금과 같고 꿀처럼 달콤하다
증오는 짧고 사랑은 영원한 것이다

영원한 진리는 언제나 새로운 것입니다. 그토록 많은 사람들이 정신적인 안내자를 소중하게 여기는 이유가 바로 그것입니다. 안내자의 도움을 받으면서 우리의 영혼은 날마다 새롭게 변할 수 있습니다.

명상은 복잡한 생각을 정리하고 마음을 비우며 집중하는 과정입니다. 단지 좋은 내용의 글을 읽는 것만으로는 커다란 정신적 발전을 이룰 수 없습니다. 그것은 오직 시작에 불과하며, 삶의 방향을 지시하고 있을 뿐입니다.

성장은 우리의 행동을 통하여 이루어지는 것입니다. 영적인 양식을 우리가 필요로 하는 힘으로 바꾸어주는 것입니다.

처음에 우리는 회의적인 마음을 품을 수도 있습니다. 더 이상의 정신적인 수양은 필요하지 않다고 생각할 수도 있습니다.

우리의 영혼은 훌륭한 것입니다. 그 점은 진정으로 감사할 만한 일입니다. 하지만 우리는 다정한 친구와 가까운 사람들이 변해가는 것을 목격하고 있습니다. 그들은 깨달음을 얻은 것입니다. 신비하게도 그들의 삶은 힘차게 성장하고 있습니다.

어떻게 영적인 성장과정을 거치느냐 하는 것은 아무런 문제도 되지 않습니다. 진리는 항상 우리 곁에서 우리를 기다리고 있는 것입니다.

나는 진리에 대하여 말할 수 없습니다. 날마다 진실의 모습이 새롭게 변하고 있기 때문입니다.

나의 시간이라고 부를 수 있는 시간이 있다면, 그것은 바로 지금 현재일 뿐입니다.

현재 이외에 다른 시간은 없기 때문입니다.

아주 특별한 과거의 시절이 있었을지도 모릅니다.

어쩌면 소중한 미래의 순간이 예비되어 있을지도 모릅니다.

하지만 진정한 나의 시간은 오직 내가 살고 있는 지금뿐입니다.

그리고 이 시간에 무엇을 해야 하는지 결정하는 것도 바로 나의 몫입니다.

나의 선택에 따라 아름다운 것으로, 혹은 고통스러운 것으로 만들 수 있습니다.

내 꿈의 하늘에 바람이 불면

우리의 가슴속에 해결되지 않은 채 남아 있는
모든 것들에 대하여 참고 인내하라
그리고 그것을 사랑하기 위하여 노력하라

우리는 나 자신을 알기 위하여 온갖 노력을 기울이고 있습니다. 하지만 우리의 가슴속에서 해결되지 않은 문제들은 여전히 남아 있습니다.

나 자신을 이해하기 위하여 그런 문제들에 대한 해답을 찾으려고 노력할 필요는 없습니다. 우리가 해야 하는 일은 그것들을 있는 그대로의 상태로 받아들이고, 나 자신을 '미해결된 문제들을 지니고 있는 창조물' 이라고 생각하면 되는 것입니다.

우리는 모두 완전한 존재로 이 세상에 태어난 것이 아닙니다. 그리고 이 세상이 완전한 것도 아닙니다.

그러한 사실을 받아들일 준비가 되었을 때, 해답은 우리의 이해력 안으로 들어올 것입니다. 그렇게 하기 위해서는 아마도 많은 노력이 필요할 것입니다. 외국어를 배우는 데 필요한 만큼의 노력이…….

혹은, 해답은 잠겨진 방문을 여는 열쇠처럼 아주 간단하게 풀릴 수 있을지도 모릅니다. 그러나 우리가 마음의 문을 열고 스스로 준비하지 않는다면, 그 어떤 노력도 소용없을 것입니다. 우리는 모든 것을 맞아들이기 위한 준비를 하고 있어야 합니다.

우리가 우리 자신을 필요로 할 때, 그리고 받아들일 때, 비밀에 싸여 있는 잠겨진 문은 우리 앞에 활짝 열릴 것입니다.

우리는 하나의 자연에 속해 있다
한 사람에게 유익한 일은
다른 사람에게도 역시 유익한 것이다

환경학은 모든 생명체가 서로 어떻게 연결되어 있는가를 연구하는 학문입니다. 환경학은 감정적인 차원에도 역시 적용될 수 있습니다.

예를 들어 '환경 공해' 라고 부를 만한 사람들이 있습니다. 수다를 늘어놓는 사람과 비난을 좋아하는 사람, 엄살을 떠는 사람들은 이 사회에 해로운 영향을 미치고 있는 것입니다.

'환경 공해' 들이 내뿜는 매연 속에서 자신의 모습을 순수하게 유지한다는 것은 대단히 어려운 일입니다. 하지만 환경학 이론에 따르면, '환경 공해' 를 일으키는 사람들이 우리에게 영향을 미치는 만큼 우리도 그들에게 영향을 미칠 수 있습니다. 만약 우리가 그들의 해악을 거부하고 제거한다면, 환경은 다시 깨끗하게 맑아질 수 있습니다.

오염을 일상적인 것으로 생각하는 태도는 오염을 부추기는 결과를 가져오게 됩니다. 말없는 무관심과 방조가 결국 우리 자신에게 해를 불러오게 되는 것입니다.

인간의 본성에 대한 신념을 가지고 정직하게 행동해야 합니다. 그렇게 하는 과정을 통하여 우리는 다른 사람의 행동을 정화시킬 수 있는 것입니다.

나는 오염된 환경에 오염을 더하지 않을 것입니다.

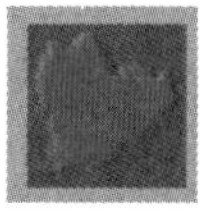

세상의 신비로움은 어디에서나 발견할 수 있다
광대한 우주나 우리 신체의 가장 작은 부분뿐만 아니라
이 모든 것이 서로 맺고 있는 관계도
몹시 경이로운 것이다

잠시 틈을 내어서 우리의 주위를 둘러보세요. 눈에 보이는 모든 것들이 광대한 우주 속에서 서로 관련을 맺고 있습니다. 또한 모든 생명의 고동 소리는 하나의 화음을 이루면서 박동하고 있습니다.

모든 존재는 기적과도 같은 것입니다. 장미꽃 한 송이, 하늘에 걸린 무지개, 바이올린의 섬세한 현……. 하나하나가 얼마나 완벽한 것인가요!

우리는 우연히 이 세상에 태어난 것이 아닙니다. 우리의 심장이 움직이고 있기에 우주의 맥박이 지속될 수 있는 것입니다. 전체는 각 부분의 조합에 의하여 이루어지고 있습니다.

모든 생명은 신성합니다. 친구와 적도 신성합니다. 연인과 친구, 나와 너도 신성합니다.

우리가 이 사실을 이해하면서 존재의 깊이를 헤아릴 수 있을 때, 비로소 사랑을 깨닫게 될 것입니다. 그리고 나 자신에 대하여 좀더 많은 것을 알게 될 것입니다.

나의 눈으로 바라보는 것과 나의 마음으로 느껴지는 모든 것들이 '나'를 구성하는 존재의 일부분을 이루고 있습니다.

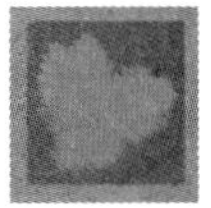

우리의 인생에서 가장 중요한 것은
종종 우리가 알지도 못하는 순간에 일어난다

삶에서 일어나고 있는 사건 속에는 일정한 패턴이 있습니다. 겉으로 보기에는 서로 관련이 없는 것 같은 사건들도 하나의 커다란 그림을 완성하기 위한 일부분입니다.

모든 일들이 나름대로의 의미를 지니고 있다는 것은 의문의 여지가 없습니다. 다만 그 의미를 파악하기가 쉽지 않을 뿐입니다.

아무런 흔적도 남기지 않는 경험은 없습니다. 아무리 고통스럽고 혼란스러운 상황이라고 하더라도, 시간이 지나면 필연적인 이유가 드러날 것입니다.

우리가 걸어가는 길이 아무리 험하더라도 믿음을 가지고 있어야만 합니다. 믿음은 소망을 키우고, 인내심을 가르쳐 주며, 목표 의식을 더욱 뚜렷이 가다듬어 줍니다.

우리의 인생은 우연히 일어나 돌발적으로 끝나는 사건

이 아닙니다. 각본에 따라 무대 위에서 상연되는 연극인 것입니다. 우리 모두에게는 각자의 역할이 있습니다.

인생을 살아갈수록 우리의 지혜도 커질 것입니다. 그래서 우리가 계획하던 인생의 목표에 접근하게 될 것입니다.

모든 일에는 나름대로의 의미가 깃들여 있습니다. 모든 순간들과 모든 사건들이 나를 위하여 예정된 길의 일부인 것입니다.

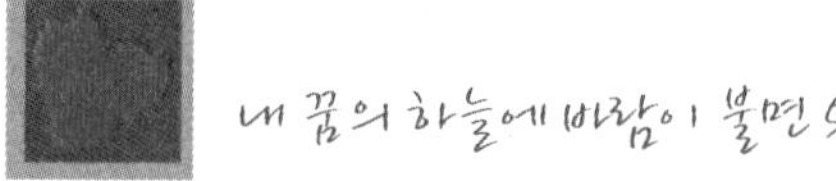

내가 하고 싶지 않은 일을
다른 사람에게 요구하는 것은 정당하지 못하다

평등이란 정신의 조화로운 상태입니다. 우리 자신의 가치에 대하여 생각할 때, 우리는 자신이 이룩해놓은 업적과 친구들의 번영에 위안을 얻게 됩니다. 마음에 구멍이 나 있는 양심은 우리가 다른 사람을 비난하거나 우리 자신이 성취할 수 없는 것을 요구할 때 나타납니다.

우리는 가끔씩 자신감이 흔들리는 것을 경험하게 됩니다. 막대한 양의 업무를 다급하게 처리해야 하는 경우, 혹은 전혀 예기치 않았던 상황이 벌어질 때 곧잘 경험하게 되는 것입니다.

이따금씩 자신감을 잃어버리게 되는 것은 인간이 지니고 있는 조건의 일면입니다. 때때로 삶이란 분명한 목적을 담고 있는 것이며, 우리가 개입된 사건들은 무엇인가에 대한 의도를 담고 있는 것이라는 사실을 상기할 필요

가 있습니다.

우리는 언제나 무엇인가를 원하면서 살아가고 있습니다. 그것을 얻기 위하여 우리는 무엇보다도 먼저 자신감을 회복할 수 있어야 합니다.

나는 반드시 이 일을 해낼 수 있다는 자신감, 그것이 인생의 목적을 더 뚜렷한 것으로 만들어나갈 것입니다.

나는 자신감이 흔들리는 것을 원하지 않습니다. 만약 그런 일이 벌어진다고 하더라도, 나는 자신감을 다시 회복할 수 있을 것입니다.

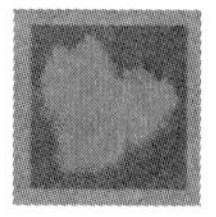

나의 앞길에 어떤 운명이 기다리고 있는가 묻지 말고
앞으로 나가야 한다
그리고 담담한 마음으로 운명에 직면하는 것이다
운명을 두려워하는 사람은 운명에 먹히고
당당하게 맞서면 운명이 길을 비킬 것이다

거의 날마다 우리는 우리가 두려워하고 있는 상황들이 우리가 주체할 수 있는 것 이상이라는 사실에 직면하게 됩니다. 그래서 우리는 그 짐을 벗어서 다른 사람에게 넘겨주려고 합니다. 그렇게 하면서 그 일로부터 벗어나기를 기대하는 것입니다.

하지만 우리는 전혀 준비되어 있지 않은 작업을 부여받은 것이 아닙니다. 우리가 도저히 할 수 없는 일은 우리에게 일어나지 않습니다.

우리가 당면한 모든 문제들은 우리의 능력으로 반드시 처리할 수 있는 것들입니다. 고난의 운명을 피하기 위하

여 다른 사람에게 짐을 지운다면, 그 고난은 우리의 영혼을 지배하게 될 것입니다.

우리는 운명과 맞서면서 고난을 극복할 수 있습니다. 보다 완전해지기 위하여 우리가 개인적으로 경험할 필요가 있는 그러한 모든 일들을 다른 사람에게 양도할 필요도 없는 것입니다.

우리는 나 자신의 성장을 돕기 위하여 노력해야 합니다. 만약 내가 반드시 처리해야 하는 일을 다른 사람에게 맡기려고 한다면, 삶의 흥정에서 내가 맡아야 하는 부분을 완수하지 못하는 셈입니다.

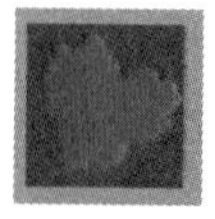

우리가 자신을 어떻게 생각하는가 하는 문제는
세상이 우리를 보는 시각과 밀접한 연관이 있다
그러므로 우리가 자신의 모습을
성공적으로 바라볼 수 있을 때
세상으로부터 인정받을 수 있는 것이다

스스로에 대한 생각이 우리의 모습을 결정하게 됩니다. 우리가 취하는 자세에 따라 다른 사람으로부터 칭찬과 관심, 혹은 비난을 받게 되는 것입니다. 우리에 대한 다른 사람의 견해는 정확하게 우리의 자의식을 반영하는 척도가 됩니다.

우리에 대한 다른 사람의 판단과 견해를 지배할 수 있는 힘은 바로 우리 자신에게 있는 것입니다. 우리는 반드시 이 사실을 알고 있어야만 합니다.

다른 사람의 견해가 전적으로 우리 자신에 의하여 만들어지고 있다는 것은 분명한 사실입니다. 우리에 대한

견해가 부정적이라면, 그것은 아마도 다른 사람과 함께 하는 삶의 리듬을 놓쳐버렸기 때문일 것입니다. 또한 전체를 이루는 과정에서 근본적인 그 무엇인가를 잊어버렸기 때문일 것입니다.

내가 나 자신에 대하여 몇 점을 매기느냐에 따라 다른 사람도 같은 점수를 줄 것입니다. 내가 하려고 노력한다면 나는 최고 점수를 얻을 수 있습니다.

내 꿈의 하늘에 바람이 불면 8

나로 하여금 다른 사람의 목소리가 아닌
나 자신의 목소리에 귀를 기울이게 하소서

만약 우리가 다른 사람의 충고에 귀를 기울인다면, 우리의 귀는 온갖 충고로 가득하게 될 것입니다. 조언자, 전도자, 출판업자, 교육자들은 잠시도 멈추지 않고 자신들의 상품인 말을 하고 있습니다.

그들의 말 때문에 우리의 귀는 언제나 피곤합니다. 그들은 자신들이 요구하는 대로 우리가 살아가기를 원할 것입니다. 하지만 우리는 '나' 의 의지대로 살아가고 있습니다. '나' 의 의지에 따라, '나' 의 판단에 따라 모든 것을 결정합니다.

민주주의 사회에서 겪게 되는 위험 가운데 하나는 주체로서의 개인과 군중을 서로 혼동하는 것입니다. '최신 유행' 이라는 말은 개인의 독창성을 회피하는 말입니다. 유행이라는 말이 의미가 있을 때는, 그것이 나의 것으로

완전하게 수용되었을 경우입니다.

우리 스스로 선택을 했다는 것은, 우리의 선택에 대하여 모든 책임을 진다는 말입니다. 그리고 '내가 원하고 있었기 때문에 나는 이것을 한다'는 말과 동일한 것입니다.

나는 다른 사람의 현명한 충고에 귀를 기울이지만, 그 무엇보다도 나의 판단과 결정에 따라 행동할 것입니다.

인생은 투쟁이다
나와 싸우는 상대는 나의 운명이다
인생의 길은 멀고, 가야 할 길은 좁다
운명을 사랑하라
운명을 사랑하는 사람만이 운명을 이길 수 있다

우리 모두는 우리가 진정으로 원하는 것이 무엇인지 잘 알고 있는 내적인 목소리를 가지고 있습니다. 우리는 비록 그러한 깨달음의 과정이 어느 정도 고통을 수반한다고 하더라도, 우리가 독특한 개성을 지니고 있으며 다른 사람과는 구별되는 나름대로의 목표와 계획을 지닌 개인이라는 점을 분명히 알고 있는 것입니다.

우리는 인생을 향유하면서 살아가고 있습니다. 그것은 우리가 무엇인가를 소유하고 있다는 것이고, 그렇기 때문에 우리 자신의 내면에서 우러나는 목소리에 귀를 기울여야만 한다는 것을 의미합니다. 나의 내면은 나를 가

장 잘 이해하고 있습니다.

나는 나 자신의 삶에 대해 탁월한 전문가라고 할 수 있습니다. 어제와 오늘, 그리고 다가오는 내일의 생활 속에서 나 자신을 제어할 수 있을 만큼 현명하게 행동해야 하는 것입니다.

먼저 우리 자신의 삶을 사랑할 수 있어야 합니다. 먼길을 가는 우리의 여행은 많은 고통을 안고 있습니다. 온갖 고통을 사랑할 수 있을 때, 우리는 더욱 성숙하게 되는 것입니다.

어느 누구도 다른 사람을 구원할 수 없다

우리는 인생에서 필요로 하는 여러 가지 경험들과 마주치게 됩니다. 우리가 실망이나 분노, 절망과 만나고 있을 때에도 역시 마찬가지라고 할 수 있습니다.

간절하게 원하는 것을 이루지 못하거나 사랑을 잃어버리게 되는 것도 우리의 인생에서 필요한 경험이라고 할 수 있는 것입니다. 그리운 사람과 영원히 헤어지게 되는 경험도 어쩌면 몹시 필요한 것입니다.

슬프고 괴로운 일이지만 고통과 절망이 우리에게 지혜를 가르치기도 한다는 사실을 깨달아야 하는 것입니다. 슬픈 운명의 짐이 벗어지는 순간 우리의 지혜는 더욱 빛나게 됩니다.

이것은 매우 믿기 어려운 일입니다. 고통과 절망이 우리를 기다리고 있다면 더욱 믿기 어려울 것입니다. 그러나 우리가 삶의 행로에서 만나게 되는 모든 것들은 우리

들이 성장할 수 있는 중요한 요인이 됩니다.

고통의 순간이 없다면, 우리의 영혼은 풍요로운 결실을 거두지 못할 것입니다. 우리의 주위를 둘러싸고 있는 모든 현실이 우리를 키우고 있습니다.

절망도 희망처럼 우리의 영혼을 충만하게 만들고 있습니다. 슬픈 운명도 기쁜 운명처럼 영원히 우리와 함께 할 것입니다. 우리는 그 모두를 좋은 동반자로 받아들일 수 있어야 합니다.

실패와 함께 삶을 익히는 것 또한
성장의 한 가지 방법이다
성숙한 사람은 실패로 인하여 자학하지 않으며
반드시 성공해야 한다고 무리를 하지도 않는다
실패에서 유익을 구하는 것,
그것이 바로 인생의 지혜라고 할 수 있다

대부분의 사람들은 다른 누군가가 나 자신을 완성시켜 주리라는 환상을 가지고 있습니다. 사람들은 자기 혼자의 힘으로 완전해질 수 있다고 믿지 않는 것입니다.

하지만 그것은 사실이 아닙니다. 우리는 무엇보다도 먼저 자기 자신을 따스하게 사랑할 수 있어야 합니다. 자기 자신을 사랑할 수 있을 때, 다른 사람을 환상적인 인물이나 자기 욕망의 돌출구로 바라보는 대신에 그 사람을 진정으로 사랑할 수 있는 것입니다.

우리가 용납하지 않는 한, 어느 누구도 우리의 감정을

상하게 할 수는 없습니다. 우리가 행하는 모든 일에서 가장 완전한 반려자는 바로 나 자신입니다.

그리고 자신의 행동과 갈망에 대한 책임을 스스로 지는 것이야말로 아주 바람직한 존재가 되는 첫걸음입니다.

나를 구원할 수 있는 사람은 오직 나 혼자뿐입니다.

태양은
그 주위를 돌면서 전적으로 자기에게 의존하고 있는
행성들이 있음에도 불구하고
마치 이 우주에 별다르게 할 일이 없는 것처럼
몇 개의 포도송이를 익히고 있다

다른 사람에 대한 부정적인 판단은 대개의 경우에 편견에서 비롯된 속단이었음이 드러나곤 합니다. 우리가 어떤 사람을 싫어한다면, 그것은 종종 내가 싫어하는 자신의 결점을 그 사람에게서 발견하기 때문입니다.

다른 사람의 나쁜 행동을 비난하기보다는 우리 자신의 행동을 가만히 들여다보는 편이 훨씬 좋을 것입니다. 비판하고 싶은 충동은 우리의 진정한 모습을 비추어주는 훌륭한 거울이 되기 때문입니다.

우리는 그 거울을 통하여 자신의 행동을 가다듬으면서, 더욱 건강하고 행복한 삶을 영위할 수 있습니다. 이렇

듯 부정적인 행동조차도 우리에게 커다란 교훈을 안겨줄 수 있는 것입니다.

미움이나 증오의 얼굴 속에는 반드시 나의 표정이 깃들여 있습니다. 일그러진 '나'의 모습을 발견할 수 있을 때, 우리는 아무도 미워하지 않게 될 것입니다.

미움이 없는 사회—사랑이 빈자리를 채우고 있습니다.

나의 결점을 미리 발견하고 고칠 수 있다면, 우리는 모두를 사랑할 수 있을 것입니다. 거울에 비친 이 세상의 풍경은 바로 나의 마음속에서 생겨나는 모습입니다.

내 꿈의 하늘에 바람이 불면 13

자기의 존재에 대하여
끊임없이 놀라는 것이 인생이다

다른 사람을 증오하는 시간이 사실은 변화를 위한 긍정적인 계기가 될 수 있습니다. 다만 우리가 무엇이든지 기꺼이 배우려고 하는 자세가 되어 있을 때 가능한 일입니다.

다른 사람의 결점을 발견하는 것은 인간적인 본능입니다. 그러므로 그 일에 대하여 수치심에 사로잡힐 필요는 없습니다. 하지만 우리가 다른 사람을 비난할 때마다 우리는 나 자신의 성장을 방해하고 있는 것입니다.

우리가 변화시킬 수 있는 것, 그리고 변화시켜야 하는 것은 바로 우리 자신입니다. 성급함, 이기주의, 관용의 결여 등이 우리의 행복과 발전을 가로막고 있는 것입니다.

이런 것들을 몰아내려고 하는 내적인 혁신이 없다면, 우리 인생의 변화는 별다른 의미가 없습니다.

우리는 정신적 자아를 새롭게 탄생시킬 수 있어야 합니다. 우리는 본받고 싶은 사람에게 더욱 가까이 다가서기 위한 기회를 찾아야 할 것입니다.

모든 변화의 시발점은 바로 나 자신에게 있습니다.

나는 다른 사람의 결점을 발견하기에 앞서 나 자신의 결점을 인식할 것입니다.

내 꿈의 하늘에 바람이 불면 14

당신이 사랑하는 사람을
어떻게 좌절시킬 수 있을까 생각하는 것처럼
어리석은 일이 또 있을까?

우리가 대우받기를 원하는 그대로 사랑하는 사람을 대하면, 그 사랑은 절대로 실패하지 않을 것입니다. 만약 우리 내부의 목소리에 귀를 기울인다면, 우리는 절대로 다른 사람에게 해를 끼치지 않을 것입니다. 그렇게 된다면 항상 올바른 행동과 사려깊은 대답, 다른 사람을 존중하는 태도만이 남아 있을 것입니다.

우리는 언제나 다른 사람들과 소중한 경험을 나누고 있다는 사실을 명심하고 있어야 합니다. 어떤 방식으로든 누군가에게 친밀감을 표시할 기회를 갖는다는 것은 우연이 아니라, 신의 섭리에 의한 것입니다.

우리가 상대방을 어떻게 대우하는가에 따라서 우리에 대한 태도가 달라지게 됩니다. 진심에서 우러나오는 행

동은 상대방의 마음을 부드럽게 만들 수 있습니다.

하지만 비판적이고 악의에 찬 태도는 우리를 비틀거리게 만듭니다. 우리는 자신의 말과 행동을 통해 우리를 어떻게 대우해야 하는지 스스로 알려주고 있는 것입니다.

만약 내가 들으려고 노력한다면 내부의 목소리가 들려올 것입니다. 그 목소리는 결코 나를 나쁜 길로 인도하지 않을 것입니다.

내 꿈의 하늘에 바람이 불면 15

나는 수많은 사람들 중에서
당신과 내가 서로를 동반자로
선택했다는 사실을 느끼고 있다

우리가 어떤 사람에게 마음이 이끌리는 것은 단순한 우연이 아닙니다. 누군가의 친구로 선택을 받는 것도 우연한 사건이 아닙니다.

사실 우리는 인생의 여정을 따라 여행하고 있으며, 많은 것을 배우고 있습니다. 친구는 물론 그렇게 가깝다고 할 수 없는 사람들에게도 우리는 무엇인가를 배우고 있습니다. 그것이 우리의 운명입니다.

여행은 끝없는 깨달음의 과정입니다. 우리는 서로에게 많은 것을 배우는 것입니다. 우리 모두는 현명한 학생이며, 동시에 위대한 스승입니다.

고통을 경험하거나 혼란스러운 상황에 처했다고 하더라도, 시간이 흐르면 모든 것을 이해할 수 있게 될 것입니

다. 우리가 이 사실을 기억하고 있다면, 슬픈 마음에 위로를 얻을 수 있습니다.

어떤 경험이라도 모두 각자의 역할이 있습니다. 친구란 우리와 운명을 함께 나누는 사람입니다.

나는 어떤 사람도 어떤 경험도 하찮게 평가하지 않을 것입니다.

내 꿈의 하늘에 바람이 불면 16

분노를 억누르는 것은
잔인한 말만큼이나
우정에 치명적인 독이 될 수 있다

친구와 동료, 이웃을 향한 분노는 단단한 벽을 만들게 됩니다. 분노의 원인을 인식하지 못한다면, 우리는 모든 사람들로부터 소외를 당하게 될 것입니다.

마음속에 간직한 비밀처럼 억눌린 분노는 친구와 연인 사이의 관계에 커다란 위협이 될 수 있습니다. 분노는 우리의 관심을 지배하고, 모든 감정을 오염시킬 것입니다.

하지만 더욱 중요한 것은 우리가 분노를 지배하지 않을 때 오히려 지배당하고 만다는 사실입니다. 분노는 우리의 모든 에너지를 소진시키고, 우리의 운명을 함부로 결정할 것입니다.

분노가 우리의 인생을 지배하도록 만들 수는 없습니다. 다른 모든 감정처럼 우리는 분노를 통하여 교훈을 얻

을 수 있습니다. 하지만 우리가 성장하기 위하여 먼저 분노를 쫓아버릴 수 있어야 합니다.

분노는 사람들 사이의 이해 관계를 인식하도록 만들고, 긴장을 풀어줍니다. 그리고 더욱 진한 친밀감을 불러올 수도 있습니다. 분노는 달콤씁쓸하게 느껴지는 감정입니다.

분노는 나의 영혼을 사로잡지 못할 것입니다.

우리는 조상들이 직면했던 문제들과
똑같은 문제들에 직면하지 않을 수 없다
하지만 조상들의 지혜는
우리가 어려운 문제를 극복하는 데 도움을 줄 것이며
실수를 되풀이하지 않도록 많은 가르침을 줄 것이다

우리는 젊기 때문에 인내의 가치를 잘 모르고, 우리 선배들의 경험이 지니고 있는 가치를 언제나 신뢰하는 것은 아닙니다. 물론 선배들의 경험 중에는 성공보다 실패의 경우가 더욱 많을지도 모릅니다. 그럼에도 불구하고 우리는 과거의 지혜로부터 항상 무엇인가를 배울 수 있습니다.

부모의 입장으로 바라본다면, 우리는 우리가 겪었던 고통과 똑같은 고통을 우리의 아이들이 경험하기를 바라지 않습니다. 만약 성장을 할 생각이라면 우리는 실패와 고통의 순간을 경험해야 합니다.

안전과 모험을 적절하게 조화시키는 것은 결코 쉬운 일이 아닙니다. 그러나 우리는 탐험을 포기할 수 없습니다. 마음속에서 조용히 속삭이는 소리에 귀를 기울여보십시오. 어떻게 하는 것이 좋은 일인가에 대하여 알 수 있을 것입니다.

열중해야 할 때와 포기해야 할 때를…….

신중해야 할 때와 용기를 내야 할 때를…….

우리는 신중과 용기 두 가지가 동시에 갖추어진 상태에서 우리 자신을 신뢰할 수 있습니다. 우리는 역사로부터 무엇인가를 배울 수 있습니다. 그 배움을 가지고 우리는 보다 나은 내일을 만들어가는 것입니다.

만약 나에게 인내심이 있다면, 나는 다른 사람의 경험을 이해할 수 있고 유익하게 사용할 수도 있을 것입니다.

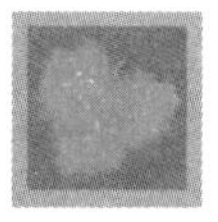

하나의 진실이
나쁜 의도에서 만들어진 모든 거짓말을
패배시킬 수 있다

다른 사람들과 어떤 관계를 맺는가 하는 것은 전적으로 우리가 품고 있는 동기에 달려 있습니다. 만약 친구의 잘못을 벌주기 위하여 친구를 바꾸려고 한다면, 우리의 우정은 보잘것없는 것입니다.

우리가 마음대로 할 수 있는 인생은 오직 하나뿐입니다. 그것은 바로 나의 인생입니다. 다른 사람의 인생을 고치려고 하는 것은 헛된 일이라고 할 수 있습니다. 그리고 대단히 무례한 행동이기도 합니다.

'수선을 하는 사람' 이라는 말이 어떤 사람에게는 매력적으로 들릴 수 있을 것입니다. 하지만 시간이 가면 분노와 혼란만을 가져올 뿐이라는 사실이 드러날 것입니다.

우리는 먼저 자기존중에서 모든 일을 시작해야 합니

다. 다른 사람을 진정으로 생각하는 마음은, 우리가 받기를 원하는 만큼의 존경심을 가지고 다른 사람을 대우하는 일에서 비롯되는 것입니다.

'다른 사람들을 위하여' 나는 이것을 하고 있다, 라고 말할 수 있는 일은 하나도 없습니다.

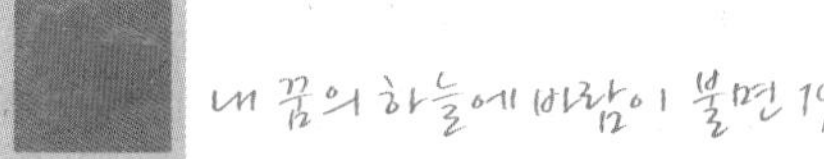

나는 무(無)에서 생겨났다
하지만 이 끊임없는 상념은
어디에서 비롯된 것일까?

새벽이 밝아오는 오늘 하루를 제외한다면, 태양 아래 새로운 것은 아무것도 없습니다. 우리의 머릿속에서 떠오르는 생각도 모두 이전의 사람들이 생각했던 것들입니다. 가장 새롭고 재치가 번뜩거리는 훌륭한 사상이나 발명품도 모두 과거의 유물에 뿌리를 두고 있습니다.

하지만 오늘은 새로운 것입니다. 지금 내가 숨을 쉬고 있기 때문입니다. 오늘 하루는 영원한 것일 수도 있습니다. 오늘과 같은 날은 한 번도 다가온 적이 없었습니다.

우리는 영혼의 무시간성과 오늘이 간직하고 있는 가능성에 대하여 평온함을 느끼고 있습니다. 우리는 많은 기회를 얻게 될 것입니다.

우리는 미래의 시간에 일어나는 사건을 조정할 수 없

습니다. 다만 자신의 행동에 대하여 지배력이 있을 뿐입니다. 그러나 우리가 올바르다고 생각하는 행동을 한다면, 모든 일이 잘 이루어질 것입니다.

나는 독특한 존재입니다. 그리고 풍요로운 사상을 귀중한 유산으로 물려받았습니다.

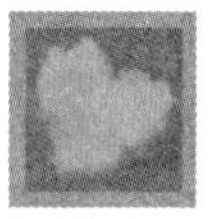

내 꿈의 하늘에 바람이 불면 20

성숙이라는 것은
자아가 파괴되어 가는 과정을 견딜 수 있는 능력이다
그리고 자아를 형성하는 과정의 경험 속에서
자신의 관점을 잃어버리지 않는 역량이다

우리의 정서적인 건강은 우리가 살아가면서 만나게 되는 숱한 상황들에 사려깊게 대처하고, 이러한 자신의 결정에 대하여 얼마나 기꺼이 책임을 지려고 하는가에 비례합니다.

우리가 비록 주위에서 일어나는 일련의 사건들 자체에 대하여 어느 정도 무기력하다고 할지라도, 우리는 우리의 태도나 행동에 대해서조차 무기력한 것은 아닙니다.

그 시기에 우리를 가장 괴롭히는 것들마저 결코 우리 자신을 위축시키지는 못할 것입니다. 우리는 어떠한 경우에도 절망의 무게에 압도당할 수는 없습니다.

가장 감미로운 상황의 서정은 우리의 영혼을 보다 풍

요로운 것으로 가꾸어주고 있습니다.

우리가 숨쉬며 살아가면서 주위의 모든 것들을 아름답게 만들기 위하여 노력한다면, 인생의 향기는 이것과 비례하여 우리의 삶 속에 오래도록 남아 있게 될 것입니다.

아름다운 인생이 풍기는 향기는 이 세상의 그 어느 꽃보다 향기로운 것입니다. 그리고 좀처럼 사라지지 않습니다.

역경이 나를 괴롭히게 되더라도 자아를 잃어버리지 않을 것입니다. 자아를 상실한다는 것은 현실에 대한 영원한 패배를 의미하기 때문입니다.

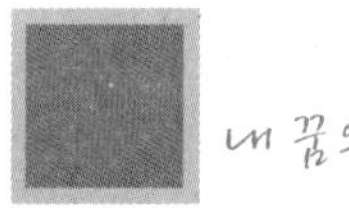

내 꿈의 하늘에 바람이 불면 21

사람은 저마다 자신을 사랑할 수 있어야 한다
그 내면에는 착한 본성이 깃들여 있기 때문이다
그러나 사람은 저마다 자신을 경멸할 수 있어야 한다
과거에도 부끄러운 일이 있었으며
그것이 언제 재발하게 될지 모르는 것이다

어떤 사건에 대하여 너무 과도하게 반응하면, 우리는 그 상황의 진실을 정확하게 인식하지 못할 것입니다. 심지어 그 다음부터 벌어지는 경험의 시간들조차도 제대로 받아들일 수 없게 되는 것입니다. 마치 마법의 주문에 걸린 것처럼…….

어떤 상황에 대하여 감정적으로 과도하게 반응하는 것과 냉담하게 반응하는 소극성 사이에서 균형을 유지하는 방법을 찾아내는 것은 그렇게 쉬운 일이 아닙니다. 그리고 이러한 균형은 즐거운 삶을 향유하는 진정한 열쇠인 것입니다.

우리는 모두 자아를 의식하고 있습니다. 곧 누구하고도 같지 않은 자기 개인이라는 존재의식이 있는 것입니다. 그러나 자아라는 것을 너무 무겁게 짊어져서는 안 됩니다. 지나치게 자기만을 생각하기 때문에 도리어 행복을 놓치고 있는 것입니다.

어떤 사건에 대해서도 나 자신을 내던질 필요는 없습니다. 그렇지만 모든 상황은 나에게 건강한 삶을 살아갈 수 있는 기회를 제공해 줍니다.

내 꿈의 하늘에 바람이 불면 22

휴일이란 허용된 방탕이며
금지에 대한 신성한 위반이다

사소한 규율을 어겨보는 것은 일종의 색다른 사치라고 할 수 있습니다. 일요일 아침, 옷도 입지 않고 면도도 하지 않은 채 늦도록 침대에서 빈둥거리는 것은 얼마나 즐거운 일인가요.

주위가 온통 난장판이 되도록 가만히 내버려 두십시오. 휴일 오후에 영화를 보러 가거나, 계획에도 없던 만찬을 먹거나, 운동장을 두 바퀴 달려보거나 하는 '신성한 위반'을 통하여 우리는 가슴 떨리는 쾌감을 맛볼 수 있는 것입니다.

우리 자신을 이렇게 작은 허영에 맡겨버리는 것은 아주 중요한 일입니다. 특히 일상의 생활이 철저하게 통제된 일과 속에서 이루어지는 것이라면 말입니다.

일상적인 일과는 많은 사람들에게 위안을 전해주고 있

습니다. 우리는 정해진 규율을 따르고 계획된 일정에 맞추어서 모든 일이 진행되어 갈 때 편안함을 느끼는 것입니다. 그러나 때로는 규율을 깨뜨리고 우리 자신에 대하여 특별한 쾌감을 느낄 필요가 있습니다.

가끔씩 우리는 일단 정해진 금 밖으로 나가게 되면 두 번 다시 일상적인 삶으로 되돌아올 수 없을 것이라고 생각합니다. 그리고 그런 일탈에 대해 두려운 마음을 품고 있습니다.

하지만 이것은 사실이 아닙니다. 우리는 휴일의 시간을 통하여 스스로를 새롭게 할 수 있다는 원리를 깨달아야 하는 것입니다.

강한 일상의 영역을 파괴하고 나 자신에게 휴일을 주어야 합니다. 그것은 내가 휴일을 선택했기 때문입니다.

만약 당신이 합리적으로
국민의 권리와 의무를 이행하려고 하지 않는다면
민주적인 사회를 유지한다는 것은
결국 불가능할 것이다

우리의 관계 속에서, 우리의 일이나 유희 속에서, 우리는 모든 짐을 공평하게 나누어서 짊어지고 있습니까?

그리고 사회적인 관계 속에서 우리는 합당한 양의 이득을 얻고 있습니까?

삶의 짐과 이득을 측정할 수 있는 방법은 아무것도 없습니다. 그러나 우리의 내적 인식은 아주 정확한 기준으로 작용합니다.

만약 당신이 무엇인가를 빼앗긴 것 같은 기분이 들어서 화를 내고 있다면, 그것은 분명히 무엇인가 잘못된 것입니다. 만약 당신이 사회에 대하여 살인을 저지른 것처럼 죄의식을 느끼고 있다면, 이것 역시 무엇인가 잘못된 것

입니다.

가끔씩 우리는 우리의 잘못이나 화를 내도록 만드는 원인을 세밀하게 추적하는 것을 기피하곤 합니다. 그것은 우리가 발견한 그 원인들이 우리가 살아가는 방법을 바꾸도록 만들지도 모른다는 우려 때문이라고 할 수 있습니다.

우리 모두는 급격한 삶의 변화를 두려워합니다. 그것은 어느 정도의 고통을 수반하고 있기 때문입니다.

고통의 근원을 꺼내는 것은 기쁨의 근원을 잃어버리는 것만큼이나 어려운 일입니다.

나는 나 자신의 삶에서 어떠한 일이 벌어지고 있으며, 그러한 모든 선택은 내가 결정한 것이라는 사실을 가장 잘알고 있는 사람입니다.

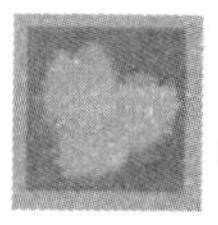

내 꿈의 하늘에 바람이 불면 24

자신감의 부족은 곤란에서 오는 것이 아니다
곤란은 자신감의 부족에서 찾아오는 것이다

나 자신의 모습을 되돌아보는 일은 아주 중요합니다. 그것은 마치 우리의 몸에 충분한 영양을 공급해 주는 비타민과 같은 것이라고 할 수 있습니다. 나에 대한 믿음이 흘러 넘치고 있을 때, 우리는 이 세상의 중심으로 다가갈 수 있습니다.

우리가 이 사회에 영양을 공급하고 있는 존재라는 사실을 인식하지 못할 때, 우리는 끝내 노력하는 행위를 그만두고 말 것입니다.

그리고 다른 사람으로부터 마음의 문을 굳게 닫아걸고 자기 속에 갇혀버려서 영영 빠져나오지 못할 것입니다. 달팽이의 꿈을 꾸면서…….

하지만 달팽이의 연약한 껍질만으로 우리는 아무것도 할 수가 없습니다. 우리가 그 껍질 속에 갇히게 되면 우리

의 잠재력은 질식당할 것입니다.

다시 한 번 우리의 미래를 향하여 달려가야 합니다. 우리의 힘은 다가오는 미래를 바꿀 수 있습니다.

노력과 집념!

우리는 현실의 모든 것을 변화시킬 수 있는 것입니다.

지금 이 순간에 나의 노력이 필요한 것입니다. 그것이 전부입니다.

내 꿈의 하늘에 바람이 불면 25

할 수 있다고 믿는 사람만이
목표를 성취할 수 있다
한 번 실천을 하였던 사람은
다시 하는 것을 주저하지 않는다

인내는 우둔한 행동처럼 보이기도 합니다. 특히 우리가 젊고 성취 욕구가 강할 때에는 더욱 그러할 것입니다. 모든 일에 대한 의욕이 넘칠 때, 우리는 인내하는 것을 주저하게 됩니다.

하지만 인내와 실천은 서로 다른 말이 아닙니다. 인내는 실천의 한 가지 방식입니다.

또한 인내는 사랑을 다른 말로 표현한 것입니다. 사랑을 품고 있는 사람만이 인내할 수 있습니다.

인내와 실천, 그리고 사랑…….

이것들은 서로서로 엮어져 한없이 퍼져 나가면서, 이 세상에 아름다운 동심원을 그려나갑니다.

만약 우리가 인내했다면, 그것은 마음의 문을 열고 우리 자신을 받아들이는 데 성공했기 때문입니다. 그리고 우리 자신을 믿고 사랑했기 때문입니다.

사랑의 문이 열리고 있습니다.

나는 나의 가슴속에 숨겨져 있는 것들을 조금도 두려워할 필요가 없습니다. 그것들은 모두 나의 성장을 위한 자양분이 되니까요.

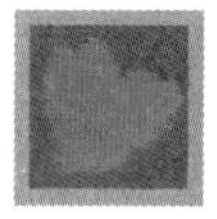

행복은
노력의 결과에 비례하는 것이다

환경이나 희망을 대하는 우리의 태도가 순간의 행로를, 더 나아가 그날 하루의 가치를 결정합니다.

태도, 감정, 느낌이 없는 사람은 한 명도 없습니다. 우리는 순간 순간 선택의 기로에 서 있습니다. 아마도 선택을 망설이는 수동적 태도는 우리의 정신 건강에 쉽게 해를 끼칠 것입니다.

잘못된 선택을 함으로써 생기는 고통에 대한 책임은 항상 우리 자신에게 있습니다. 물론 현명한 선택에 의해 우리가 느끼는 기쁨도 또한 우리의 책임입니다.

그러므로 순간 순간 선택을 하는 것이 바로 우리의 인생이라고 할 수 있습니다. 어리석은 선택이든, 현명한 선택이든 말입니다.

우리의 선택이 우리의 인생 행로를 조정하고, 우리의

올바른 선택에 비례하여 삶이 풍성하게 열매를 맺습니다. 우리의 선택이 우리를 만들어가는 만큼이나 우리는 행복할 것입니다.

오늘은 나의 것입니다. 그 하루를 어떤 것으로 만드는가에 따라 나의 행복과 불행이 결정될 것입니다.

분노의 감정보다
사람을 더욱 소진시키는 것은 없다

다른 사람을 지배하려고 하는 끈질긴 집념은 우리의 마음속에 쌓여 있는 분노에게 먹이를 주는 것과 같은 일입니다.

다른 사람을 지배하려고 하는 것은 인간적인 본성이라고 할 수 있습니다. 하지만 이것으로 인하여 커져버린 분노는 결국 우리를 지배하기 시작합니다. 그리고 고통과 불행을 가져오는 것입니다.

만약 누군가로 인하여, 혹은 어떤 상황으로 인하여 분노를 느끼게 되면 우리는 우리에게 주어지는 기회를 제대로 인식하지 못하게 됩니다. 의미있는 기회를 잡지 못하면 우리의 개인적인 성장은 위험에 처하게 되는 것입니다.

분노가 우리를 삼켜버릴 때, 우리의 힘은 어디론가 사

라져버립니다. 그리고 우리의 자아는 산산조각으로 부서지게 됩니다. 책임있는 행동도 할 수 없게 되는 것입니다.

하지만 우리는 다시 힘을 모아 분노의 영역에서 빠져나오기 위하여 노력할 수 있습니다.

나의 지배력은 나 자신의 행동과 태도에 대하여 행사할 수 있습니다. 그 이상의 영역을 지배하려고 하는 욕망은 애초부터 품지 말아야 합니다. 오늘은 나의 새로운 시작이 될것입니다.

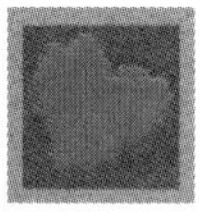

내 꿈의 하늘에 바람이 불면 28

죽음이 다가올 때
놀라움으로 맞이하면 안 된다
우리는 삶의 여러 양상을 이해하고 있는 것처럼
죽음도 편안하게 맞이해야 하는 것이다

다양한 삶의 과정 속에는 많은 차원들이 포함되어 있습니다. 우리의 영혼을 평화롭게 어루만지는 시간, 그리고 가슴 아픈 일 때문에 뜨거운 눈물을 흘리게 만드는 시간…….

시간은 잠시도 쉬지 않으면서 옷을 갈아입고 있습니다. 우리는 즐거운 마음으로 희망찬 내일을 기대할 수 있습니다. 또한 어두운 내일을 기다려야 하는 시기도 있습니다.

고통의 순간이 다가온다는 것을 미리 예상하고 있는 것, 그것을 통해 우리는 우리가 저지른 잘못으로 인하여 생기는 슬픔을 회피하지 않을 것이고, 혹은 사랑하는 사

람의 배반 때문에 비참한 심정으로 괴로움을 당하지도 않을 것입니다.

슬픔을 미리 예비한다는 것은 우리의 마음속에 담겨 있는 지혜의 눈이 떠지는 일입니다.

다가오는 불행으로 인하여 생기는 슬픔과 고통은 이미 기정 사실이라고 할 수 있습니다. 그러나 우리가 삶 속에서 일어나는 모든 사건들을 미리 예상하고 우리의 감정을 조절한다면, 인생의 짐을 가볍게 하는 데 도움이 될 것입니다.

우리가 지고 있는 짐은 그렇게 무거운 것이 아닙니다. 하지만 삶의 여정에 지친 우리가 무겁다고 생각하고 있을 뿐입니다. 나는 그 생각을 바꿀 수 있습니다.

인생은 수많은 상처로 인하여

고통받는 전쟁터라고 할 수 있다

많은 상처가 있는 인생 속에서 우리가 만나게 되는 경험은 수많은 교훈들로 이루어진 혼합체입니다. 경험은 교훈을 낳고, 교훈은 더 나은 내일을 약속합니다. 성장을 수월하게 만들어주고 사회에 기여할 수 있는 기회를 제공해 주는 것이 경험으로 축적된 교훈들입니다.

그런데 우리가 처음으로 교훈들을 접하게 되었을 때, 모든 교훈이 다 한결같이 쉽고 즐거운 것만은 아닙니다. 그러한 교훈에서 배울 수 있는 점을 선택하여 받아들인다면, 그 보답은 정말 대단할 것입니다. 아무런 보답도 없는 교훈은 없습니다.

배우고 이해하고 경험할 필요가 있는 것들은, 우리가 관심을 갖는 한 거듭 반복하면서 우리에게 기회를 제공해 줄 것입니다. 어쩌다 한 번 실수로 마음의 문을 닫아걸

었다면 이해할 수 있습니다. 하지만 두 번 이상 계속해서 닫아걸었다면 교훈은 우리의 주위에서 사라질 것입니다.

교훈은 오랫동안 우리의 주위에 머물지 않습니다. 순식간에 또 다른 경험이 우리의 삶 속으로 들어와서 또다시 새로운 교훈을 제시할 것이기 때문입니다.

우리는 삶이 우리의 잠재력을 불러일으키는 양상으로 펼쳐지고 있다는 사실을 믿어야 합니다. 그리고 앞선 경험들로 축적된 교훈들로 우리가 무장되어 있지 않은 한, 우리는 새로운 도전에 맞설 수 없을 것입니다.

오늘을 만들어갈 수 있는 결단력은 내가 받아들인 교훈들로부터 나오는 것입니다.

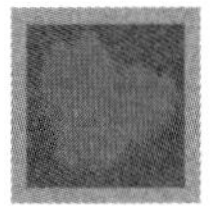

내 꿈의 하늘에 바람이 불면 30

큰 일이나 작은 일이나
힘들고 단조로운 오랜 과정과
짧은 승리의 순간이 있게 마련이다
시작하고 투쟁하고 그리고 승리하는 것이다

우리에게 커다란 기쁨을 안겨주는 일은 모두 고통의 과정을 지나야만 합니다. 우리가 배워야 할 교훈도 단순한 것이 아닙니다. 그러나 우리의 성장은 얼마나 성공적으로 시련을 극복하는가에 달려 있습니다.

우리 스스로 세운 목표가 인생에서 배워야만 하는 교훈과 밀접한 관련이 있는 것입니다.

보다 편안한 생활을 원하는 것은 아주 당연한 소망입니다. 누구나 힘든 노동과 고통으로부터 자유롭게 해방되는 것을 원하고 있습니다. 아무런 고통도 따르지 않는 삶은 아무것도 이룰 수 없다는 원리를 우리는 외면하고 싶어합니다.

하지만 그것은 자연스런 원리입니다. 우리의 능력을 더욱 강화하기 위하여 우리는 투쟁해야만 하는 것입니다. 웃음의 소중함을 깨닫기 위하여 우리는 슬픔을 받아들일 수 있어야 합니다. 작은 축복에도 감사할 수 있기 위하여 우리는 무료함과 고독을 겪어야 하는 것입니다.

모든 시련은 성장을 위한 기회를 제공하고 있습니다. 새로운 생각을 가지게 하고, 우리가 벌써 습득한 기술을 다시 한 번 연마하도록 만드는 것입니다. 시련은 우리에게 새로운 기반을 다져주기 위하여 예비된 것입니다.

나는 성공으로 가는 길 위에 서 있습니다. 내가 선택한 목표를 향하여 한걸음 앞으로 걸어갈 것입니다.

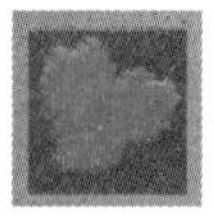

고통은 필연적인 것이다
하지만 다른 사람에게 고통을 주는 것은
선택적인 일이다

하루하루의 시간은 경험의 연속입니다. 우리는 웃으면서, 혹은 화를 내면서 경험을 맞이하고 있습니다.

하지만 모든 경험은, 심지어 두려운 경험이라고 하더라도 우리에게 반드시 필요한 교훈을 담고 있습니다. 인생의 행로에서 만나는 사람들은 모두 우리의 스승이 될 수 있는 것입니다.

어떤 경험은 우리의 마음속에서 살아남게 됩니다. 우리는 때때로 상처를 경험하고, 자기 연민에 빠지거나 분노를 키우기도 합니다. 또는 한때의 즐거운 추억에 집착하기도 합니다. 그래서 과거의 일을 몇 번이고 마음속으로 떠올리곤 하는 것입니다.

나쁜 기억이든 즐거운 기억이든 간에, 우리의 생각이 과

거에 얽매여 있을 때 우리는 현재를 소홀히 하게 됩니다.

과거의 경험을 홀가분하게 떨쳐버리고 스스로를 향해 미소를 지으면서, 인생의 긍정적인 부분만을 생각하는 것은 우리를 행복하게 할 수 있습니다. 또한 약속된 미래를 내다볼 수 있도록 하는 것입니다.

나는 모든 경험에 대하여 적절하게 반응해야 하는 책임을 지고 있습니다. 나는 시간이 흐를 때마다 무엇인가를 선택하고 있는 것입니다. 나의 선택입니다.

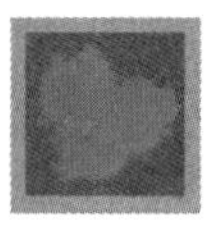

내 꿈의 하늘에 바람이 불면 32

누군가에 대하여 분노를 품고 있을 때
당신은 강철보다 더욱 단단한 감정의 사슬로
그 사람과 연결되어 있는 것이다

우리의 관심은 우리가 지배하려고 하는 것에 집중됩니다. 자석처럼 우리는 그것에 이끌려 들어가게 되는 것입니다.

우리의 자유는 어디론가 사라지게 됩니다. 다른 사람을 지배하려고 할 때 우리는 자신의 삶을 잃어버리고 맙니다.

다른 사람을 지배하는 데 실패할 때 분노가 생겨나게 됩니다. 만약 우리의 계획을 실천하기 위하여 반드시 누군가를 지배해야 한다면, 우리는 벌써 실패할 태세를 갖추고 있는 것입니다. 우리가 두려워하는 상황을 반드시 경험하게 될 것입니다.

우리 모두에게는 각자의 내적 욕구에 따라 만들어진

나름대로의 길이 놓여 있습니다. 그 사실을 받아들인다면, 다른 사람이 나의 지시에 따르지 않는다고 해서 화를 내지는 않을 것입니다.

분노는 우리를 질식시키고 있습니다. 변화하는 삶에 창조적으로 대처하려면, 우리는 언제나 최상의 능력을 유지하고 있어야 하는 것입니다.

나는 나에게 가장 적합한 나의 길을 걸어갈 것입니다. 다른 사람 또한 각자의 길을 가도록 도와줄 것입니다.

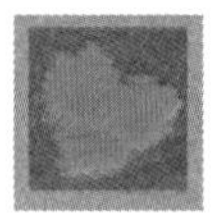

내 꿈의 하늘에 바람이 불면 33

우리가 더 이상 어린아이가 아닐 때
우리는 이미 죽은 것과 마찬가지라고 할 수 있다

어린아이들은 반드시 배워야 하는 규칙이 있는 세계 속에서 살고 있습니다. 배우는 과정의 일부분으로, 어린아이들은 언제나 세계의 규칙들에 대해 의문과 호기심을 갖고 질문합니다.

우리는 인도로 걸어다니고, 수저를 사용하여 음식을 먹고, 올바른 문법에 따라 말하고, 그리고 단추가 채워져 있는 단정한 옷차림을 그대로 유지하고 있습니다. 그렇지만 어린아이들은 호기심이 어린 눈빛으로 세상을 바라보면서, 모순된 것처럼 보이는 세상의 규칙에 대해 질문하고 있습니다.

때때로 우리는 어린아이를 겁주고 위협하면서 침묵으로 몰아넣게 됩니다. 어린아이가 우리를 당황하게 만드는 질문을 했기 때문입니다. 때때로 우리는 어린아이에

게 무엇인가를 숨기고, 무릎을 꿇도록 만들고, 손을 들게 하는 벌을 줍니다.

그 아이는 질문할 수 있는 권리를 가지고 있으며, 우리는 그 질문에 정성껏 대답할 의무가 있습니다. 특히 우리가 양심을 괴롭히는 행동을 하게 되었을 때 그 아이로부터 받는 질문은 더욱 그렇다고 할 수 있습니다.

그 아이가 항상 요구하는 것은 아니지만, 그러나 어쨌든 그 아이는 우리의 사랑을 받을 가치가 있는 것입니다. 그 아이는 많은 사람들 속에서 이렇게 말하고 있습니다.

"그렇지만 저 임금님은 벌거숭이예요!"

나는 내 안에 있는 아이를 사랑하고 올바르게 키울 것입니다. 그리고 나에게 새로운 해답을 가져다줄지도 모르는 그 아이의 질문에 대하여 관심을 가지고 귀를 기울일 것입니다.

간절하게 원하는 것을 이루지 못하거나 사랑을 잃어버리게 되는 것도
우리의 인생에서 필요한 경험이라고 할 수 있는 것입니다.
그리운 사람과 영원히 헤어지게 되는 경험도 어쩌면 몹시 필요한 것입니다.
슬프고 괴로운 일이지만 고통과 절망이
우리에게 지혜를 가르치기도 한다는 사실을 깨달아야 하는 것입니다.
슬픈 운명의 짐이 벗어지는 순간 우리의 지혜는 더욱 빛나게 됩니다.
고통의 순간이 없다면, 우리의 영혼은 풍요로운 결실을 거두지 못할 것입니다.
슬픈 운명도 기쁜 운명처럼 영원히 우리와 함께 할 것입니다.

당신을 위한 사랑의 편지

당신을 위한 사랑의 편지 1

인생이 줄 수 있는 가장 커다란 슬픔은
상실이나 불행이 아니라 두려움이다

고독에 대한 갈망은, 우리가 건강한 인간으로 성장해 나가는 과정에 따라 여러 번이나 경험하게 됩니다. 우리가 나와 다른 사람 사이의 미묘한 차이를 발견하고 나에 대하여 깨달을 수 있는 것은 바로 홀로 있는 시간입니다.

혼자만의 고요한 시간은 우리가 오랫동안 찾아다니고 있었던 해답을 가져오게 됩니다. 우리가 고독을 손님으로 맞아들일 때, 우리의 길을 방해하던 근심거리도 더 이상 아무런 문제가 되지 않습니다.

가끔씩 우리는 다른 사람과 떨어져 있는 시간을 맞이하게 됩니다. 일과 가족과 사회의 혼란 속에서 벗어나 다시 한 번 명료한 정신을 되찾는 과정이 필요한 것입니다.

삶은 긴장과 이완 사이에 절묘한 균형을 맞추어가는 과정입니다. 소란스럽고 복잡한 생활에 매몰되다 보면,

우리는 자기 자신을 잃어버리기 십상입니다. 온갖 소음과 걱정거리에 둘러싸여 있는 동안 우리는 '인도자' 의 음성을 들을 수 없는 것입니다.

그런 '인도자' 와 대면하는 시간은 우리의 자아를 되찾는 데 필수적인 절차입니다.

나는 침묵의 순간을 맞이할 것입니다. 그 속에서 삶의 인도자를 만날 것입니다.

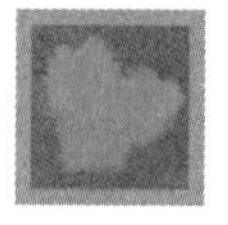

현자의 고요한 마음은
천국과 지상을 비추는 거울이다

홀로 있는 고요함 속에서, 우리가 직면한 문제의 해답을 찾을 수 있습니다. 우리는 조용한 시간을 자주 가지면서 스스로의 마음속을 들여다볼 필요가 있는 것입니다. 명상에 잠길 때, 오랫동안 찾으려고 노력했던 현명한 생각이 떠오를 것입니다.

성장을 위한 우리의 가능성은 힘든 시련 속에 감추어져 있습니다. 이 세상에 보람있는 일을 하기 위하여 시련은 반드시 필요한 것입니다. 그러나 우리가 감당할 수 없을 만큼의 커다란 시련은 주어지지 않습니다. 만약 고요함 속에서 마음을 가다듬을 수 있다면, 어떤 시련이든지 쉽게 해결할 수 있을 것입니다.

우리가 종종 감탄하는 현자의 지혜는 사실 우리 모두가 타고난 것입니다. 한 사람 한 사람이 모두 완전한 지식

을 얻기 위한 통로라고 할 수 있습니다. 어떤 사람은 현재의 일을 명확하게 파악할 수 있는 능력을 타고나기도 합니다. 그것을 계발하기로 마음만 먹는다면, 과거와 현재와 미래를 모두 파악할 수 있는 정신을 기를 수 있습니다.

내 안을 들여다보면, 내가 필요로 하는 해답을 얻을 수 있습니다.

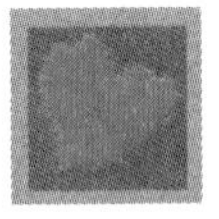

위대함의 첫 번째 조건은 겸손이다

창조의 위대함을 인식하는 것은 우리가 전체에 끼칠 수 있는, 작지만 중요한 공헌을 자각하도록 만들어줍니다.

우리는 우리가 전체를 완성하는 데 반드시 필요한 존재이며, 그렇기 때문에 특별한 존재라는 사실을 알게 되는 것입니다.

이러한 깨달음 속에서 우리는 안정감을 느끼는 것입니다. 그리고 평화를 이룩하게 됩니다.

우리 존재의 의미를 지각하면, 다른 사람의 소중함도 느끼게 됩니다. 그와 함께 다른 사람에 대한 사랑과 존경과 수용하는 마음도 생기게 되는 것입니다. 서로를 성장시키기 위하여 노력할 때마다 자신이 성장할 수 있습니다.

우리 앞에 펼쳐져 있는 길은 멀고 험난한 것입니다. 우리는 한 번에 한 걸음씩 나아갈 수 있을 뿐입니다. 천천히 그러나 꾸준하게, 이런 것이 인생 행로를 걸어가는 방법

입니다.

하지만 우리의 귀중함과 독자적인 가치를 기억한다면, 험난한 길도 평탄하게 느껴지고 우리의 발걸음도 빨라질 것입니다.

내 존재의 의미를 깊이 되새길 것입니다. 나는 여러 사람들에게 필요한 존재입니다. 그 사람들 역시 나에게 귀중한 존재라는 것도 기억할 것입니다.

어떤 사람은 불행을 너무 좋아해서
불행을 맞이하기 위하여
앞으로 달려나간다

우리가 행운을 만들어나간다는 말은 언제 어느 때나 들어맞지만은 않습니다. 그러나 분명한 사실은, 행운을 만드는 데 우리가 한 부분 요소를 이루고 있다는 것입니다.

기회는 대부분의 사람에게 공평하게 분산되어 있지만, 그 기회를 가지고 무엇을 하는가는 전적으로 개인적인 문제입니다. 어떤 사람은 발전을 가져오는 기회들을 눈앞에 두고도 놓쳐버리고 그대로 지나갑니다.

모든 일에 만족하지 못하거나 분노를 느끼는 사람은 기회를 보지 못하고 있는 것이며, 비록 보았다고 하더라도 그 기회를 잘못 이용하고 있는 것입니다.

우리에게는 기회를 볼 수 있는 능력이, 그것을 이용할 수 있는 능력이 있습니다. 그 능력은 선택하는 힘입니다.

우리가 선택할 수 있는 힘을 가지고 있다는 사실을 깨닫는 일은 아주 중요합니다.

만약 불만족스럽다면 그 상황을 바꾸는 것을 선택할 수 있습니다. 물론 변화시키는 것을 선택하지 않을 수도 있겠지만, 그렇게 하면 불만족의 영역에서 한치도 벗어날 수 없을 것입니다.

선택은 나 자신이 하는 것입니다.

나는 모든 상황을 바꿀 수 있습니다. 나의 삶이 만족스러운 것이 아니라면……. 나의 인생은 나의 선택에 의하여 결정되는 것입니다.

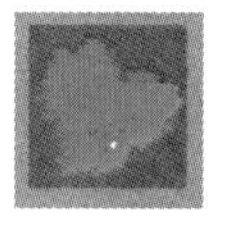

행복을 추구하는 것도 좋지만
그 행복을 누릴 자격을 갖춘 사람이 되는 것이
더욱 중요한 일이다

행복을 누릴 만한 자격이란 무엇일까요?

그것은 올바르고 참된 사람이 되는 것입니다. 행복은 꽃에 따르는 향기처럼 진실한 인격에 따르는 광채와 같은 것이어야 합니다. 행복에 너무 집착하지 말고, 이상의 실현을 위하여 살아가야 하는 것입니다.

행복을 잊어버리고, 나를 잊어버리고, 높은 이상과 보람을 위하여 노력해야 합니다.

만약 우리가 불행의 기다란 끈에 매여 있다면, 아마도 우리가 하고 있는 일들을 재검토해 볼 필요가 있을 것입니다. 열등감이 깃들여 있다면, 우리는 어느 정도 우리 자신을 비하시키고 학대하고 싶어할지도 모릅니다.

우리는 어쩌면 체계적인 자기 수리를 해야 할지도 모

릅니다. 자신을 매력있고 필요한 사람이라고 인식할 때, 우리는 현명한 선택을 할 수 있을 것입니다.

우리는 기회를 포착하여 최대한으로 이용할 수 있습니다. 그러나 무엇보다도 우리는 노력하는 인간이기에 가치있다는 사실을 명심해야 합니다.

나는 행복할 수 있는 자격이 있습니다. 그리고 어떻게 해야 행복하게 될 수 있는지도 알고 있습니다. 그 방법을 이용하기 위하여 실천하고 있는지, 그렇지 않으면 포기하고 있는지 관계없이 말입니다.

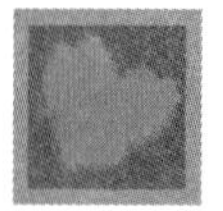

당신을 위한 사랑의 편지 6

인생이란 우리가 바라는 대로
움직이는 것이 아니다
그러나 우리의 인생을 최대한 활용하는 것은
행복할 수 있는 유일한 지름길이다

오늘 하루의 일을 처리하는 동안 우리가 취하는 자세, 그리고 우리의 행로를 방해하는 사람에게 우리의 생각을 내보이는 태도는 그날 하루가 어떻게 진행되는가에 커다란 영향을 끼칠 것입니다.

우리 자신 이외에는 그 어느 누구도 우리가 그날 하루 동안 무엇을 느낄 것이고 무엇을 생각할 것인지, 우리를 대신하여 결정할 수 없습니다. 우리가 마음의 자세를 어떻게 취하느냐에 따라 만족할 수 있거나, 아니면 불만족을 느끼게 되는 것입니다.

영혼의 성숙을 알리는 행동은 그날 하루의 성공에 대한 것만이 아니라, 실패에 대해서도 책임을 받아들이겠

다는 자세에서 비롯되는 것입니다. 또한 성숙을 나타내는 조짐은 그 결과가 무엇이든지, 그날 하루에 일어난 일에 대한 결과들을 툭툭 털어버리고 내일을 자신만만하고 희망찬 하루로 만들 수 있도록 우리 자신을 준비시키는 태도에서도 엿보입니다.

오늘을 집어넣어야 할 가방 속에 무거운 어제가 들어있다면, 우리가 오늘 스물네 시간 동안 취급해야 할 짐 꾸러미들의 크기와 형태는 일그러질 것입니다.

나는 오늘을 어제로부터 자유롭게, 희망차게, 쾌활하게, 자신만만하게 만들 것입니다.

당신을 위한 사랑의 편지 7

우리는 가슴을 찌르는
깊은 아픔을 느끼고 난 다음에야
고생을 알게 되는 것이다

고통스러운 경험들은 우리의 인생에 많은 보탬이 되는 가치로운 것입니다. 그것들은 우리로 하여금 다른 사람의 고통을 이해할 수 있도록 만듭니다.

우리는 다른 사람이 겪은 고통의 경험을 공유할 수 있는 것입니다. 그렇기 때문에 그들의 마음을 치료할 수 있는 의사도 될 수 있습니다. 고통은 서로 나누어야 하는 것입니다.

만약 우리의 슬픔과 고생의 일부분을 다른 사람의 슬픔과 고통 속으로 밀어 넣는다면, 아마도 그것은 진통제와 같은 효과를 발휘하게 될지도 모릅니다. 그리고 우리가 겪는 고통의 무게와 강도가 감소될지도 모르는 것입니다.

그러나 치유는 고통을 가슴으로 끌어안고서 고통이 무엇인지 완전히 알고, 그런 다음에 가슴을 열어 풀어주고 난 다음에야 가능한 것입니다. 고통이 어떤 문제에서 비롯된 것인지 모르고 있다면, 진통제의 효과도 일시적인데 불과할 것입니다.

고통의 근원을 드러내는 일, 그것은 사랑이 있을 때 가능할 것입니다. 서로를 아끼고 사랑하는 마음이 없다면, 우리는 고통을 드러내지 못하고 숨기게 될 것입니다.

내가 앓고 있는 모든 고통을 드러내도록 하겠습니다.
그리고 고통을 나누면서 그 무게를 줄여나갈 것입니다.
숨가쁜 고통이 조금씩 사라지고 있습니다……

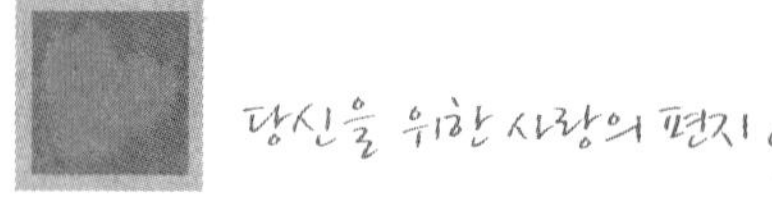

지옥이란
우리가 더 이상 아무도 사랑하지 않는 것이다
지옥은 우리의 주위에 숱하게 널려 있다

너무나 자주 우리는 모든 고통으로부터 자유롭게 벗어날 수 있기를 원합니다. 그러나 고통은 우리를 강하게 만들고, 멀리 도약할 수 있는 힘을 주고, 새로운 차원의 우리 자신으로 발전시켜 줍니다.

고통은 우리에게 뜻밖의 기쁨을 약속하고 있습니다. 그러나 동시에 고통은 우리에게 인내를 요구합니다. 우리는 고통을 통하여 인생에서 배워야 할 많은 교훈들을 얻게 됩니다.

그런데 그 교훈들은 고통이 열매를 맺은 것입니다. 고통이 느껴질 때 그 고통을 회피하려고 하지 말아야 합니다. 가슴으로 끌어안고 고통을 알고 난 후에, 그 고통을 멀리 날려 보내도록 하십시오.

이 세상에서 가장 좋은 친구는 바로 나 자신입니다. 그리고 가장 나쁜 친구도 역시 나 자신입니다. 나를 구할 수 있는 힘도 나 자신 속에 있으며, 가장 참혹하게 해칠 수 있는 날카로운 칼도 나 자신 속에 있습니다.

나는 나 자신을 좋은 친구로 삼아야 합니다. 좋은 친구와 함께 있을 때, 모든 고통이 귀중한 경험으로 남게 될 것입니다. 나쁜 친구와 함께 있다면, 우리는 삶에 지쳐서 모든 것을 쉽게 포기할 것입니다.

우리는 희망을 품고 살아갑니다. 그리고 유익하지 않은 고통은 존재하지 않는다는 사실을 잘 알고 있습니다.

내가 겪은 고통이 나를 가르치고 나를 치유할 수 있을 것입니다.

당신을 위한 사랑의 편지 9

슬픈 인생을 아름답게 살아가는 것이
인생에 대한 가장 커다란 복수라고 할 수 있다

우리는 불완전한 존재이기 때문에 감정에 쉽게 휘말려들게 됩니다. 사실 긴장과 불안이 일반적으로 인간의 특성을 규정하는 것인지도 모릅니다.

그러나 너무나 자주 다른 사람에게 느끼는 분노나 증오는 우리의 인생에 커다란 해악을 끼치는 원인이 되고 있습니다.

우리는 증오심을 품고 상대방이 불행하게 되기를 바라지만, 불행은 마치 부메랑처럼 우리 자신에게로 되돌아오게 됩니다.

우리가 원한과 증오에 힘을 쏟을 때, 우리의 삶은 우리의 의지에 따라 움직이는 것이 아니라 상대방의 손에 묶여 있는 것입니다. 분노의 대상이 되는 상대방은 점차적으로 우리의 모든 행동을 지배하게 됩니다.

우리의 영혼이 온통 미워하는 상대방에게 쏠려 있을 때 우리는 더 이상 발전할 수 없으며, 행동마저 우리의 의지대로 조정할 수 없게 되는 것입니다. 우리의 관심은 온통 상대방에게 쏠려 있고, 우리는 인생의 목적을 향하여 나아갈 수도 없습니다.

나의 미래를 증오 때문에 포기한다는 것은 도저히 있을 수 없는 일입니다. 빛이 나의 미래를 가득 채우고 있습니다.

고통은 사랑의 부재에서 비롯되는 것입니다. 나는 식어버린 사랑의 불꽃을 다시 피우기 위하여 준비하고 있습니다.

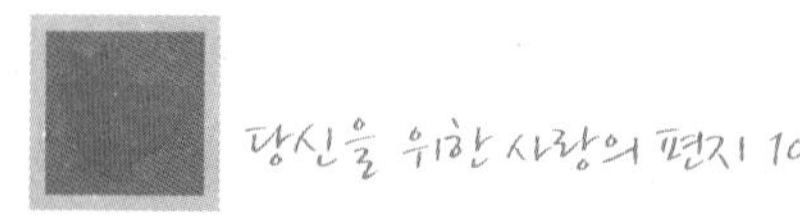

오늘보다 높은 내일을 위해 행동하라
인생의 싸움터에서 투쟁하는 용사가 되라
그리고 생이 끝나는 날
시간의 모래 위에 영원한 발자국을 남겨라

누군가 우리에게 잘못을 했을 때 우리는 복수를 계획하게 됩니다. 비록 그 복수가 언제나 비생산적인 것이라고 하더라도 말입니다. 우리의 복수심이 그 사람에게 나쁜 영향을 미치게 되는 것을 기다리면서…….

하지만 우리가 분명히 알고 있어야 하는 것은, 분노가 우리 자신을 향하고 있다는 것입니다. 거센 분노의 물줄기는 우리가 있는 곳을 향하여 밀려오고 있습니다.

그것은 우리를 더욱 커다란 불행 속으로 밀어 넣고 있습니다. 가장 커다란 복수는 우리가 화를 내지 않는 것이며, 인생의 길에서 이탈하지 않는 것입니다.

우리의 영혼을 분노에 쏟지 말고, 희망과 행복이 기다

리고 있는 인생의 행로에 쏟아야 합니다. 복수를 위한 우선적인 고려 대상은 바로 나 자신입니다.

진정한 분노는 나 자신을 안으로 갈무리하는 것입니다. 나의 열정을 결코 엉뚱한 곳에 쏟을 수는 없습니다.

나는 행복하게, 그리고 생산적으로 살아갈 것입니다. 원한을 품는다는 것은 나에게 절대로 필요하지 않은 일입니다.

당신을 위한 사랑의 편지 11

신에게 가까이 다가가는 길은
오직 우리 자신을 잊어버림으로써 가능하다

우리의 삶에 편안함을 안겨주는 것이 있습니다. 갑작스러운 인생의 변화와 그 충격을 적절하게 완충시켜 주는 것입니다. 그것은 바로 사랑입니다.

하지만 우리가 다른 사람과 화음을 맞추지 않는다면, 우리는 이런 편안함을 두 번 다시 느끼지 못할 것입니다. 우리의 여행길을 밝히고 있는 등대는 다른 사람의 영혼 속에 깃들여 있는 것입니다.

나그네의 눈으로 우리 자신의 인생을 바라볼 수 있도록 우리는 시야를 더욱 넓힐 수 있어야 합니다. 서로에 대한 사랑은 우리의 영혼을 더욱 고귀한 것으로 승화시켜 줍니다. 그리고 서로의 관점을 함께 공유하는 것은, 우리 모두를 하나로 결합시키고 사물의 의미를 깊게 만들면서 더 나아가 우리 사이에 벌어진 틈을 메우는 일입니다.

만약 우리 모두를 하나로 연결하고 싶다면, 우리는 나 자신을 초월하면서 모든 일에 대하여 생각하고 꿈을 꾸어야 합니다. 우리의 인생에는 자기 나름의 독특한 리듬이 있습니다. 그러나 우리는 개인적 리듬을 초월한 더 넓은 리듬을 포함하고 있어야 합니다.

고향악이 펼치는 전체의 리듬에 참여하고 싶다면, 자기 자신을 뛰어넘어 넓게 생각해야 하는 것입니다.

나는 다른 사람의 의견에 관심을 보일 것입니다. 그리고 그들이 펼치는 화음에 나의 목소리를 조화시킬 것입니다.

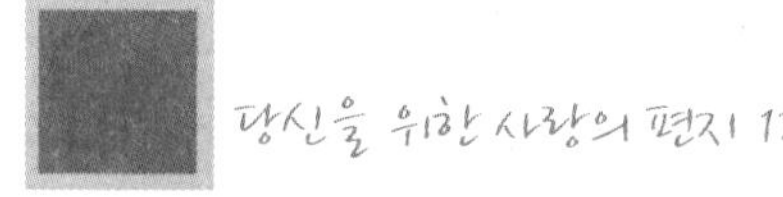

연극의 어떤 배역을
당신이 오랫동안 공연했다면
당신은 그 배역처럼 행동하기 시작할 것이다

우리에게 강요할 수 있는 사람은 아무도 없습니다.

어떤 배역을 맡길 때 내가 동의하지 않는다면, 그 배역은 아무런 의미도 없는 것입니다. 그 배역을 결정하는 것은 바로 나 자신의 의지와 행동입니다.

연출자가 지정을 한 배역이 선한 배역이든 악한 배역이든 간에, 내가 그 배역을 맡겠다는 '나'의 협조가 필요한 것입니다. 만약 내가 연출자의 배역을 받아들이지 않는다면, 나는 그 배역을 공연하지 않아도 되는 것입니다.

때때로 우리는 삶이 우리에게 제안한 것들을 받아들이기가 어렵다는 사실을 느끼게 됩니다. 그리고 아무런 고민도 하지 말고 연출자가 지정하는 어떤 배역이나 그대로 맡아버리는 것이 훨씬 수월하다고 생각하는 경우도 있습

니다.

하지만 이런 결정은 커다란 비극을 초래하게 됩니다. 우리는 비극이 전해주는 슬픔 속에서 벗어날 수가 없는 것입니다.

얼마나 많은 사람들이 삶의 중심을 발견하지 못하고 허공에 표류하고 있을까요?

나는 지금 걸어가야 하는 길을 잘 알고 있습니다. 삶의 중심이 있는 곳은 바로 저기입니다. 아무런 목적도 없이 이리저리 방황하는 것은 나의 길이 아닙니다. 나의 삶은 내가 계획하고 결정하는 것입니다.

당신을 위한 사랑의 편지 13

이 세상은 아름다운 연극 대본이지만
그것을 읽지 못하는 사람에게는
거의 쓸모가 없다

인생의 진정한 목적을 찾지 못하고 떠돌아다니는 사람들은 우리 모두의 일에 협조하지 않습니다. 그리고 자신의 선택을 자신감에 넘치는 목소리로 주장하지도 않습니다. 그것은 용기가 없기 때문입니다.

그들은 조금도 인정하고 싶지 않겠지만, 사실 그들은 '당신은 이런 사람이오' 라고 그들의 배역을 선택하는 누군가의 결정을 기다리고 있는 것입니다. 그 결정에 따라 자신의 모든 것을 맡기고 있습니다.

어떤 사람은 다른 사람에게 협조하는 것을 추종이라고 생각합니다. 그러나 여기에는 커다란 차이가 놓여 있습니다.

추종은 우리 스스로 선택할 수 있는 힘이 전혀 없기 때

문에 무조건 다른 사람의 의견에 따르는 것을 의미합니다.

협조는 우리 혼자의 힘으로 할 때보다 더욱 많은 것을 성취하기 위하여 다른 사람과 힘을 합치는 것을 의미합니다. 우리는 스스로 판단하면서 다른 사람의 의견을 선택할 수 있습니다.

우리가 스스로의 삶에 대한 책임을 받아들인다면, 우리는 '자, 당신이 나에게 시킨 일의 결과를 보라' 라는 무책임한 말의 노예가 되는 것으로부터 자유로울 수 있게 됩니다.

우리는 우리가 원하는 모든 배역을 맡을 수 있습니다.

이 세상에서 일어나고 있는 일의 절반은 나의 것이고, 절반은 다른 사람의 것입니다. 나는 이 사실을 잊지 않을 것입니다.

당신을 위한 사랑의 편지 14

인생을 좋지 않은 방법으로 시작한 사람은
인생을 좋지 않은 방법으로 끝마칠 것이다
우리는 이 사실을 충분히 예측할 수 있다

생물학적인 측면에서 인간 속, 인간 종으로 분류되는 우리는 미래에 대하여 많은 관심을 가지고 있습니다. 그리고 미래의 시간에 집착하면서 얽매이기도 합니다.

우리는 별점, 영매, 사주, 관상, 예언 등에 시간과 열정과 돈을 낭비하고 있습니다. 그러한 것들이 우리의 미래를 정확하게 예언할 수 있다고 생각하는 것입니다. 그러나 목숨, 경제 그리고 날씨는 우리가 도저히 조정할 수 없는 것들입니다.

어린아이들의 경우에 예언은 좀더 복잡한 의미를 갖게 됩니다. 어떤 한 아이의 부모가 이렇게 예언합니다.

"우리 아이는 인생의 실패자가 될 거야."

인생의 온갖 도전을 충분히 극복할 수 있는 힘을 가지

고 있음에도 불구하고, 그 아이는 실망과 좌절에 의하여 정말 그 부모의 예언대로 되고 말 것입니다.

우리는 예언의 굴레에서 벗어날 수 있을까요?

잘못된 예언은 우리의 미래를 황폐하게 만들 수도 있습니다. 이 세상은 우리가 한눈으로 파악할 수 없는 여러 가지 양상들을 포함하고 있습니다. 예언보다 중요한 것은 우리의 신념과 노력입니다.

당신을 위한 사랑의 편지 15

인류에 대한 범세계적인 사랑에도 불구하고
나는 사소한 두려움에 사로잡히는
순간이 많았던 것이다

우리는 가장 고귀한 원칙들을 가지고 있습니다. 모든 사람을 관대하게 대하는 것, 친구를 믿는 것, 그리고 누구에게나 공정하게 행동하는 것은 우리의 삶에 대한 중요한 원칙이 될 수 있습니다. 그럼에도 불구하고 우리는 의심과 두려움에 사로잡힐 때가 있습니다.

그러나 '사소한 두려움' 이 생긴다고 해서 우리의 '범세계적인 사랑' 이 거짓이라는 것은 아닙니다. 단지 이 순간이 두려운 것입니다.

인간에게 놀라운 점은, 주어진 순간에 어떻게 행동해야 하는지 스스로 선택할 수 있다는 것입니다. 만약 내가 싫어하는 방식으로 행동한다는 사실을 깨닫게 될 때, 우리는 즉시 그 행동을 바꿀 수 있습니다.

어떤 현자는 이렇게 말했습니다.

"우리는 평생 동안이나 꿈꾸지 못했던 일을 열두 시간 동안에 할 수도 있다."

나 자신에 대하여 낙심하는 것은 소중한 시간과 노력을 낭비하는 일입니다. 만약 나 자신의 행동 방식을 바꿀 수 없다면, 기준을 바꾸도록 하십시오.

많은 사람들은 스스로에 대하여 터무니없이 높은 기대를 품고 있습니다. 그리고 그 기대에 못 미치게 되면 죄책감을 느끼는 것입니다. 그러나 죄책감이란 비생산적인 것입니다.

우리는 있는 그대로의 나 자신을 받아들일 수 있어야 합니다. 우리는 최선을 다하고 있는 것입니다.

나의 기대 수준을 나에게 가능한 정도로 낮추는 것은 정신적인 성장에 도움이 될 것입니다.

다른 사람의 일에 참견하기 위하여
바쁘게 돌아다니지 않는다면
우리의 인생은 훨씬 평화로울 것이다

내면에서 들려오는 소리에 귀를 기울인다면 우리는 평화로운 시간을 보낼 수 있습니다. 그 소리는 우리의 발걸음을 안전한 곳으로 인도하고 있습니다. 하지만 내면의 소리를 존중할 것인가 하는 것은 전적으로 우리의 선택에 달려 있습니다.

다른 사람들의 행동에 대한 반응이 아닌, 독자적인 판단으로 옮겨진 나의 행동은 개인적인 만족감을 가져다줍니다. 그러한 행동은 자아와 내면의 목소리 사이에 맺어진 관계를 더욱 강화시킬 수 있을 것입니다.

훈련을 통해 우리는 다른 사람들에 대한 이해력을 발전시키면서도, 동시에 그 영향으로부터 자유로울 수 있습니다. 우리 자신에 대하여, 그리고 우리가 가고 있는 삶

의 방향에 대하여 전적으로 책임질 수 있다는 것은 행복한 일입니다.

그것은 우리가 가장 의미있는 목표에 도달할 수 있는 유일한 길이기도 합니다.

나는 만나는 사람을 존중할 것입니다. 하지만 내면의 친구에게 더욱 많은 관심을 기울이게 될 것입니다.

가장 훌륭한 사람의 인생은
한 번도 실패하지 않고 살아가는 것이 아니라
실패할 때마다 조용히
그러나 힘차게 일어서는 것이다

그렇습니다. 우리는 예언의 굴레에서 벗어날 수 있습니다. 만약 우리가 어렸을 때부터 애정어린 보살핌과 훌륭한 양육 속에서 성장했다면 우리는 건강, 자아존중, 세상을 보는 올바른 지혜 등을 바탕으로 밝은 미래를 내다볼 수 있습니다.

그리고 우리의 어린 시절이 후회와 어두운 그림자로 뒤덮인 것이라고 하더라도, 우리는 나 자신을 사랑하고 양육할 수 있는 올바른 방법을 배울 수 있습니다.

예언의 사슬은 무척 연약한 것입니다. 우리가 약간의 노력을 기울인다면 그 사슬은 이내 끊어지게 될 것입니다.

우리는 칭찬과 기대를 통하여 다른 사람의 미래를 밝

게 만들 수도 있습니다. 우리는 나 자신의 행복을 결정할 수 있는 것입니다.

주어진 상황에 우리 자신의 힘을 더 적극적으로, 그리고 더 긍정적으로 이용한다면 우리는 현재의 나 자신보다 더욱 발전한 '내일의 나'를 기대할 수 있을 것입니다.

나는 이 순간에 충실할 것입니다.

당신을 위한 사랑의 편지 18

유머는 대단히 강력한 무기이며
영향력 있는 해결책이다

우리는 인생에 대하여 너무 심각하게 생각하면서 아주 분명하게 단정을 지어버립니다. 이러한 삶의 태도는 우리 앞에 펼쳐지고 있는 상황에 우리의 인생을 그대로 맡기는 것과 다름없습니다.

우리는 앞으로 일어날 사건에 대해 서둘러 예상한 다음, 걱정을 하기 시작합니다. 이렇게 하다 보면 정말로 우리가 예상하던 불행한 일들을 경험하게 됩니다.

우리는 조금 더 편안하고 행복하게 살아갈 수 있는 길에서 멀리 달아나는 어리석은 사람입니다. 우울과 걱정은 잠시도 멈추지 않고 계속됩니다. 불안은 이 세계를 흘러다니고 있습니다.

하지만 불행에 대한 걱정보다는 웃음으로 넘기고 대처할 수 있는 일들이 이 세상에는 얼마나 많습니까…….

우리의 미래를 밝히고 평탄하게 할 수 있는 힘은 바로 웃음입니다. 웃음이 병을 치료하거나 건강을 회복하는데 커다란 효과가 있다는 사실을 알지 못하는 사람이 있습니다. 우리의 육체적 정신적 건강에 효과를 발휘하는 것이 바로 웃음의 힘입니다.

웃음은 모든 사람의 사기를 북돋아 주면서 재충전을 위한 촉진제 역할을 합니다.

웃음은 적극적이고 직접적인 효과를 지니고 있습니다. 그리고 일상생활 속에서 다양한 방법으로 우리의 감정에 건강을 가져다주는 치료제이기도 합니다.

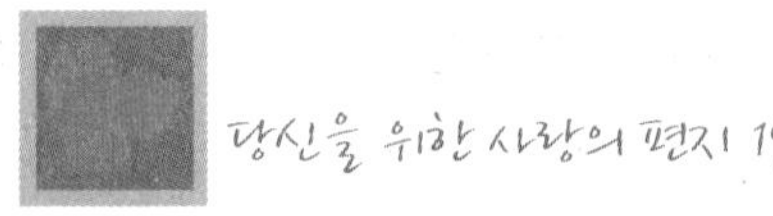

사람을 대할 때 상대방의 기분을
너무 의식하지 않는 것이 좋다
나의 신념이 담긴 지속적인 성격을
머리에 두고 대하는 것이 더 좋은 처세술이다

어떤 사람이 우리를 비난하고 있을 때, 그저 대수롭지 않게 가벼운 웃음으로 받아넘기는 행동은 가장 훌륭한 대응방식입니다. 상대방의 비난은 설득력을 잃고 멀리 날아가 버리게 되는 것입니다.

우리의 인생은 웃음의 영역만큼이나 가벼워지는 것입니다. 우리의 동의가 없다면, 우리의 머릿속에서 힘을 행사할 수 있는 것은 아무것도 없습니다. 우리의 내부에 깃들여 있는 힘을 스스로 포기하지 않는 한 어떠한 어려운 문제도, 그리고 아무리 까다로운 사람도 우리의 의지를 꺾을 수는 없습니다.

그 힘은 바로 웃음이 우리에게 제공하는 무기라고 할

수 있습니다. 우리는 이 사실을 잊지 말아야 합니다. 어려운 상황에 직면하게 되었을 때, 그 강력한 무기를 꺼내서 사용하는 것이 좋습니다.

어떤 사람이 우리를 자극하는 말을 하고 있더라도, 웃음이 나타나면 모든 것은 쉽게 해결될 수 있습니다.

어떠한 상황이라도 유머스러운 설명이 가능합니다. 내가 웃을 수 있는 이유는 분명히 존재합니다.

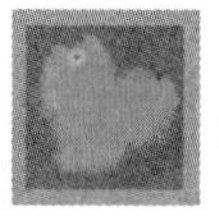

당신을 위한 사랑의 편지 20

누군가에게 의지한다는 것
혹은 누군가 나의 삶을 좀더 풍부하게,
좀더 만족스럽게 만들어주기를 바란다는 것
그것은 나를 불안스러운 상태로 몰아넣을 뿐이다

다른 사람에게 우리의 행복을 책임질 수 있도록 만들고 싶은 유혹은 몹시 강렬한 것입니다. 하지만 이러한 기대는 아무런 소용도 없는 것이라고 할 수 있습니다.

다른 사람에게 우리의 행복을 책임질 수 있는 힘을 안겨주는 것은, 우리의 행복이 그 사람의 행동과 생각에 이끌린다는 것을 의미합니다. 그 말은 우리가 진정으로 행복하지 않다는 사실을 의미하는 것입니다.

하지만 우리의 행복을 위하여 자기 자신의 행동과 감정에 책임을 부여한다면, 우리는 모든 행복을 우리 스스로 획득할 수 있는 힘을 가지게 됩니다.

영혼의 성숙은 우리가 당면하고 있는 삶의 모습에 대

하여 비판하거나 칭찬할 수 있는 판단 기준을 마련할 수 있습니다.

성장, 행복, 변화에의 참여는 우리가 직접 선택하고 경험하는 과정을 통하여 이루어지게 됩니다.

우리가 자아의 통제 아래 놓여 있을 때, 우리는 독립적이며 더 강한 인간이 될 수 있습니다.

행복한 생활은 마음의 평화 속에서 생겨나는 것입니다. 마음의 평화, 그 무엇보다도 소중한……

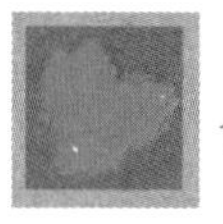

다른 사람이 안겨주는 행복은
바싹 마른 것처럼 가볍다

우리가 다른 사람에게 행복을 책임지운다는 것은, 행복이 우리의 필요에 의해서가 아니라 오직 그들의 선택에 따라서만 좌우된다는 것을 의미합니다.

우리가 나의 내부에 깃들여 있는 자아의 힘을 끄집어내지 않고 다른 사람의 힘에 의존하게 될 때, 우리는 기다림에 완전히 종속되고 맙니다.

기다림……. 누군가 우리의 의견에 동의한다는 뜻으로 고개를 끄덕이기를 기다리는 것, 살아가기 위하여 그들의 동정어린 초대가 있기를 기다리는 것, 우리의 삶은 기다림의 연속으로 언제나 어중간한 인생 속에서 살아가게 될지도 모릅니다.

우리는 기다림에 지친 삶을 살아갈 수는 없습니다. 다른 사람이 행복을 다시 거두어버린다면, 우리는 불행의

늪에 빠질 수밖에 없는 것입니다. 그 행복은 갈대처럼 가벼운 것입니다. 부드러운 바람에도 멀리 날아가는…….

나의 행복에 대하여 책임질 수 있는 사람은 결코 다른 사람이 아닙니다.

내가 누구인지, 어디로 가고 있는지, 그리고 무엇 때문에 그곳으로 향하고 있는지 판단해야 하는 시기는 바로 지금입니다.

당신을 위한 사랑의 편지 22

말의 참된 사용은 우리가 필요로 하는 것을
표현하는 일에 있다기보다는
오히려 그것을 숨기는 과정에 있다

어린아이들이 의사소통의 방법을 배우는 것은 커다란 욕구나 기대를 '아파요', 혹은 '과자를 먹고 싶어요'와 같은 몇 개의 사소한 단어 속으로 축소시키는 과정을 의미합니다.

우리는 어린 시절에 단지 우리가 원하는 것의 일부분만을 구할 수 있는 방법을 배우게 되었습니다. 하지만 그것은 단지 일부분에 지나지 않습니다…….

우리에게는 다른 사람을 마음대로 다룰 수 있는 힘이 깃들여 있다고 생각할지도 모릅니다. 그래서 우리가 말하는 것이 우리의 솔직한 마음 그대로라는 것을 가장하기 위하여 아주 그럴듯하게 이야기를 꾸미기도 합니다.

가면 속의 말을 하고 있는 것입니다. 그러나 우리는 다

른 사람을 속이고 있다기보다는 오히려 우리 자신을 속이고 있는 것입니다.

허위와 속임수의 교묘한 전략은 결국 우리를 거짓말로 뒤엉킨 그물망에 걸리도록 합니다. 한 번 거짓말의 수렁에 빠지면, 우리가 진정으로 원하는 것이 무엇인지도 모르게 됩니다.

솔직하다는 것은 하나의 선택입니다. 그리고 물론 행복도 역시 마찬가지라고 할 수 있습니다. 인생의 진실과 행복을 선택하고 싶다면, 나 자신과 다른 사람에게 솔직해야 합니다.

무엇인가를 요청하는 일은 위험한 모험입니다. 나는 거절을 당할 수도 있습니다. 그러나 여기에서 포기한다면 나는 아무것도 할 수 없습니다.

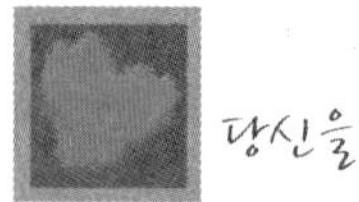

당신을 위한 사랑의 편지 23

인생이란 부메랑과 같은 것이다
우리의 생각, 행동, 말이 놀라울 정도로 빠르게
다시 우리에게로 되돌아오고 있다

우리는 지금 하고 있는 모든 행동을 통하여 나중에 수확하게 되는 대가의 씨앗을 심고 있습니다. 우리는 다른 사람의 자아와 지속적인 관계를 가지면서 서로를 이해할 수 있습니다. 나는 당신을, 그리고 당신은 나의 생각을 이해할 수 있게 되는 것입니다.

우리는 다행스럽게도 자신의 행동을 통제할 수 있습니다. 이것은 삶의 매순간마다 다른 사람에 대한 존중의 마음으로 행동할 수 있다는 것을 의미합니다. 우리가 다른 사람에게 쏟는 애정과 비례하게, 다른 사람도 나에게 애정을 기울일 것입니다.

이런 관점에서 인생을 정의한다면, 인생의 의미는 아주 간단합니다. 우리가 다른 사람에게 좋은 행동을 보여

준다면, 우리를 불쾌하게 만들거나 좌절시키는 상황은 거의 일어나지 않을 것입니다.

대부분의 좌절과 고통은 다른 사람과의 관계에서 비롯되는 것입니다. 우리가 다른 사람에게 커다란 영향을 미칠 수 있다는 사실은 아주 중요한 발견입니다. 언제 어디서나 기회가 주어질 때마다 우리가 다른 사람에게 호의를 보인 만큼 다른 사람도 우리에게 호의를 보인다는 사실을 기억하고 있어야 합니다.

나는 모든 것을 나의 의지대로 움직일 수 있습니다. 내가 다른 사람에게 취한 행동만큼 다른 사람으로부터 보상받을 것입니다. 따라서 나는 최선을 다하여 행동할 것입니다.

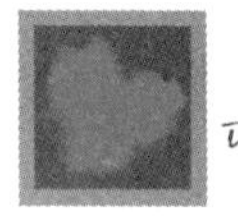

당신을 위한 사랑의 편지 24

비록 바다가 위협한다고 하더라도
바다는 여전히 자비롭다
그런데 나는 아무런 이유도 없이
바다를 저주하고 있었다

'나'는 이 세상에서 가장 중요한 사람입니다. 나는 내가 원하는 것을 구할 수 있는 유일한 사람입니다. 나는 나 자신을 행복하게, 혹은 불행하게 만들 수 있는 유일한 사람인 것입니다.

비록 우리의 의지와는 아무런 상관도 없이 세계가 우리 주위를 운행하고 있을지라도, 세계의 운행은 우리의 행보에 대하여 '나' 자신만큼이나 결정적인 영향을 끼치고 있지는 않습니다.

어렸을 때 우리는 세계의 운행이 우리의 인생에 결정적인 영향을 끼치고 있다는 생각을 하였습니다. 세계의 운행이 우리에게 어떤 영향을 끼치고 작용하는가에 따라

서 모든 사물의 가치가 정해진다고 믿었던 것입니다.

만약 폭풍우가 달갑잖은 친척의 방문을 받을 필요가 없다는 것을 의미한다면, 폭풍우는 좋은 것이었습니다. 그러나 폭풍우가 소풍을 방해한다면, 그것은 나쁜 것이었습니다. 우리는 모든 것의 가치를 개인적인 관점에서 결정했던 것입니다.

어떤 일이 예의에 어긋나고 정도를 벗어났다고 하더라도, 곧 화를 내지 않도록 해야 합니다. 대부분의 경우에 사람들은 큰 일보다 작은 일에 화를 더욱 쉽게 내고 있습니다. 그 순간 방향을 약간 돌려서 미소를 짓는다면, 불쾌한 감정은 이내 사라지게 될 것입니다.

바다는 언제나 거기에 그대로 머무르고 있습니다. 바다를 바라보는 사람은 '나'입니다. 나의 눈으로 바다를 응시하고 있는 것입니다. 바다는 나의 것입니다. 내가 모든 것을 결정합니다.

당신을 위한 사랑의 편지 25

생명이 있는 한

희망이 있다

희망은 가능성에 대한 정열이다

사실 우리가 우주의 중심이 되는 것을 포기한다는 것은 결코 쉬운 일이 아닙니다. 그러나 우리는 대부분의 현상들이 우리의 의지와는 무관하게 작용한다는 사실을 잘 알고 있습니다.

우리는 '나' 자신에게 날씨, 외교정책, 노동협상의 결과 등에 대하여 책임을 부여하는 행동을 그만둘 수 있습니다.

우리는 개인적으로 다른 사람의 행동에 대해 책임을 질 수 없습니다. 다른 사람은 실제로 '나' 의 고통 때문에 아파하지도 않고, '나' 때문에 살거나 죽지도 않으며, '나' 의 성공이나 실패에 무관심한 표정을 짓고 있습니다.

이것은 '나' 의 인생을 책임질 수 있는 유일한 사람은

바로 '나' 자신이라는 것을 의미합니다. 그리고 모든 책임이 나에게 달려 있다는 사실은 얼마나 홀가분하고 자유로운 일인가요.

나는 세상으로 통하는 유일한 창문입니다.

나에게 가장 필요한 것은 바로 나 자신입니다.

당신을 위한 사랑의 편지 26

진정한 자산을 사용하게 될 때
우리는 자신의 참모습을 발견할 수 있다

자산의 원래 의미는 '자아에게 속한 소유물' 입니다. 이러한 관점에서 살펴보면 땅, 집, 돈, 그림, 보석, 자동차와 같은 것들은 결코 우리의 진정한 자산이 될 수 없습니다.

그런 것들은 단지 사물에 불과하며 우리가 단지 잠시 동안 사용하는 것을 즐길 뿐, 우리의 자아와는 아무런 상관이 없는 것입니다.

그렇다면 우리의 진정한 자산은 무엇일까요?

그것은 우리의 도덕적 정신적 자질이며 사랑에 대한 역량과, 정직해지기 위하여 노력하는 우리의 열의라고 할 수 있습니다. 이러한 것들은 우리가 누구인가에 따라 그 차이가 생겨나게 됩니다.

거짓과 진실의 차이는, 자전거와 메르세데스 자동차의 차이보다 훨씬 더 큽니다. 우리가 이러한 차이를 인정하

게 되면, 우리는 정신적인 자아를 보다 발전시킬 수 있게 됩니다.

우리의 진정한 자산은 자아가 성장함에 따라 덩달아 커지는 것입니다.

나는 애정을 표현하는 일에 최선을 다할 것입니다. 지금까지 내가 받았던 애정을 기억하면서, 미처 짐작하지 못했던 따스한 말과 행동이 나에게 얼마나 큰 용기를 주었는지 생각할 것입니다.

당신을 위한 사랑의 편지 27

내가 알고 있는 것은
거대한 바다에 떨어진
한 방울의 빗방울과 같은 것이다

우리는 막대한 부가 우리를 진정으로 행복하게 만들 수 없다는 사실을 알고 있습니다. 오직 따스한 사랑이 담긴 마음과 깨끗한 양심이 우리를 행복하게 만들 수 있다는 사실도 알고 있습니다.

그러나 우리는 종종 많은 물건을 저장하고 쌓아올리는 행동이 그 자체로서 중요한 것처럼 행동합니다. 무엇 때문에 그 물건을 쌓아올리는 것인지 그 이유를 잊어버리고 있는 것입니다.

조금만 뒤를 돌아보아도 우리는 위태로운 삶의 균형을 다시 회복할 수 있습니다. 물질적 삶에 이끌리는 우리의 영혼은 위험할 정도로 균형을 잃어버렸습니다.

그것을 다시 안정적인 상태로 만드는 일은 나 자신에

대한 성찰과 반성의 시간입니다. 우리는 모든 사물을 있는 그대로 받아들일 수 있어야 합니다. 욕망에 이끌리지 않는 순수한 빛으로 우리는 모든 것을 직시해야 하는 것입니다.

사랑으로 충만한 나의 영혼은 몹시 평화로운 미소를 짓고 있습니다.

나의 진정한 자산은 그 어떤 방법으로도 빼앗을 수 없는 것입니다.

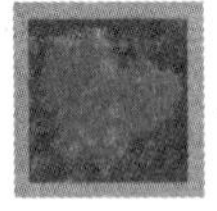

당신을 위한 사랑의 편지 28

영원은 완전한 전체라고 불린다
그것은 여러 부분으로 이루어졌기 때문이 아니라
전혀 부족함이 없기 때문이다

기하학 시간에 원은 완전한 형태라고 배웁니다. 하지만 사실 완벽하게 둥근 원이란 존재하지 않습니다. 직선도 완벽하게 곧은 것은 아닙니다. 평면도 완벽하게 평평할 수는 없습니다. 완벽하다는 것은 결코 실현될 수 없는 이상인 것입니다.

영원 또한 완벽하다는 것처럼 아름다운 이상입니다. 그것은 완벽한 융합에 대한 영혼의 갈망을 표현하는 것입니다. 모든 욕망의 절대적 충족과 완성, 완벽한 완전함, 다시 말하자면 '완전무결' 바로 그것입니다.

물론 영원이란 도달할 수 없는 경지입니다. 영원한 문명이란 없습니다. 법도 예술도 영원한 것은 아닙니다. 만약 우리의 업적을 영원이라는 기준에 맞추어 평가한다

면, 우리는 너무나 비참하게 느껴질 것입니다. 인간은 끊임없이 약점과 부족함을 극복하기 위하여 기술을 개발하고 있습니다.

우리가 다른 사람들과 협력한다면, 우리의 노력은 몇 배나 커다란 결실을 거두게 될 것입니다. 이상은 이상대로 바라는 것의 표상으로서 사랑하고, 최선을 다하는 나 자신을 또한 사랑한다면 그보다 더욱 아름다운 일은 없을 것입니다. 인간이 언제나 창조적일 수 있었던 것은 바로 많은 결함을 지니고 있었기 때문입니다.

나 자신을 완전히 표현함으로써 나는 다른 사람들에게 가까이 다가갈 수 있을 것입니다.

당신을 위한 사랑의 편지 29

우리의 모든 결심과 결단은
끊임없이 변화하는 마음의 분위기에 따라 결정된다

우리가 살아가고 있는 이 세상을 바라본다면 진정으로 놀라운 것들을 볼 수 있습니다. 우리는 잠시도 쉬지 않고 부단히 새로운 정보를 수집하고 있습니다.

의식적으로나 무의식적으로 우리는 새로운 정보를 교환하면서, 그것을 잊지 않기 위하여 정리하고 보존합니다. 우리의 삶에 대한 견해, 태도, 반응들은 새로운 정보를 흡수하는 요인들에 의하여 더욱 넓어지게 되는 것입니다.

우리가 마음의 문을 닫고 태도와 행동을 완고하게 만드는 것은 매우 쉬운 일입니다. 그리고 지도에도 나타나 있지 않은 미지의 지역을 탐험하는 것은 몹시 어려운 일입니다.

우리가 그 위험에 빠질 필요는 없을 것입니다. 날마다

우리가 예측할 수 있는 시간이 지나가고 있습니다. 그 시간은 어쩌면 따분하게 느껴질 수도 있습니다. 그럴 때마다 우리는 자신의 삶이 가치없는 것이라고 생각할 수도 있습니다.

하지만 사실은 그렇지 않습니다. 우리의 주위에는 많은 모험이 기다리고 있는 것입니다. 그 모험은 정보라는 얼굴을 하면서 우리의 손길을 기다리고 있습니다.

우리의 주위를 둘러싸고 있는 수많은 모험, 그 모험은 나의 것입니다. 나는 모험의 울타리를 지나 지혜의 계곡으로 들어갈것입니다.

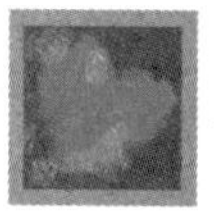

시련을 겪기 이전에는 참다운 사람이 되지 못한다
시련이야말로 자기가 무엇인가를 스스로 깨닫게 하고
스스로를 규제하기 때문이다
우리의 운명과 지위는
시련의 순간에 결정되는 것이다

인생의 진정한 기쁨은 모험의 시간에 깃들여 있는 것입니다. 우리가 마음을 열어두면 날마다 새로운 모험을 할 수 있습니다.

우리의 주위에서 돌아다니고 있는 다양한 정보들은 새로운 장을 열어주는 것들입니다. 상황의 변화에 대응하는 우리의 유연성이 필요한 순간입니다.

유연한 모습으로 정보를 대하지 않는다면 모든 것이 딱딱하게 굳어버릴 것입니다. 생명력이 거세된 굳어버린 정보는 우리에게 아무런 도움도 될 수가 없습니다.

마음의 문을 열고, 들뜬 모험의 순간을 받아들이도록

하십시오. 그 모험을 우리의 것으로 받아들일 때, 우리는 우주의 일원으로 기여하고 있는 자신의 모습을 바라볼 수 있을 것입니다.

새로운 정보가 나를 요구한다면, 나는 공지를 가지고 굳은 마음을 변화시킬 수 있습니다.

당신을 위한 사랑의 편지 31

날마다 태양이 떠오른다
낮의 영웅이……
탄생 위에 그 밝은 빛을 비추는 것과 똑같이
죽음 위에도 평등하게 빛을 비추는
태양이 떠오르고 있다

사소한 것들에 대한 지나친 집착은 우리를 수렁에 깊이 빠지게 만듭니다. 우리가 숲속에서 나무의 수를 헤아릴 때, 나무의 수를 정확하게 파악하는 데는 결코 성공할 수 없을 것입니다.

우리가 초점을 너무 가까운 곳에 맞춘다면, 우리는 좀 더 넓은 전체의 의미 파악을 할 수 없게 됩니다. 인생의 사소한 부분을 뛰어넘어 더 깊고 넓은 부분까지 통찰할 수 있는 기회를 놓치고 마는 것입니다.

어린아이들에게는 모든 것들이 가까이 있음과 동시에 멀리 떨어져 있습니다. 그리고 너무나 많은 사물이 새롭

기 때문에, 어린아이들은 친밀하게 보이는 작은 물건에 커다란 의미를 부여하면서 자아를 의지합니다. 부드러운 담요, 재미있는 장난감, 자신의 엄지손가락과 같은…….

그러나 어른들은 그러한 '과도기적 대상물' 없이 지내는 방법을 터득하게 됩니다. 그럼에도 불구하고 우리에게는 인생에 대한 어떤 확신이 필요합니다.

이 세상에서 벌어지는 많은 일 가운데 무엇을 우선시하고 무엇을 나중에 해야 할 것인가에 대한 확고한 신념이 세워져 있어야 하는 것입니다.

나의 유일한 신념은 사랑입니다. 사랑은 나를 이 세상에 홀로 설 수 있도록 만들어줍니다.

현명한 사람은 열정의 주인이 될 수 있지만

어리석은 사람은 그 노예가 되어버린다

내 영혼의 버팀대가 될 수 있는 것은 나의 의지와 결정입니다. 그 사실을 알고 있다면 우리는 행운을 안고 있는 사람입니다.

사람은 누구나 주고자 하는 마음보다 받고자 하는 마음이 강할 때, 불만과 원망이 생겨나게 됩니다. 이와 반면에 주고자 하는 마음이 더 강하다면, 서로를 원망하지 않게 되는 것입니다.

우리는 낮의 영웅입니다. 모든 낮을 움직이는 실제적인 영웅이라고 할 수 있습니다. 우리가 서로에게 무엇인가를 나누어줄 때마다 낮은 더욱 생기 넘치게 됩니다.

아침이 밝아올 때마다, 우리는 밤의 깊은 수면 속에 함께 잠들어 있던 개인적인 사소한 문제들을 툭툭 털고 희망의 빛을 받으면서 일어납니다. 우리가 만나게 되는 모

든 사건 위에 밝은 빛을 비추는 태양인 동시에 희망입니다. 그것은 바로 '나', 참된 자아입니다.

나는 모든 것의 태양입니다.

나는 삶의 사소한 부분에 대하여 초연할 수 있는 통찰력을 가지고 있습니다.

샘물이 말라 고기들이 뭍에 있게 되자
입안의 습기로 서로 적셔주고
거품으로 서로 축여주는 것은
강과 호수에서 서로 어울려 사는 것만 못하다

인생의 길을 가다 보면, 평탄한 길이 지나고 어려운 길이 나타날 수도 있습니다. 하루하루 내딛는 인생의 발걸음을 주춤거리게 만드는 울퉁불퉁한 길에 대하여 과민반응을 보일 필요는 없습니다.

그저 꾸준하게 우리의 앞에 놓여 있는 인생의 행로를 따라 걸어가면 되는 것입니다. 알려지지 않은 것에 대하여 두려움을 갖는다면, 그것은 시간의 낭비를 가져올 뿐입니다.

인생은 건강한 인간으로 발전하는 데 필요한 모든 것들을 우리에게 제공하고 있습니다. 그것이 어려운 일이거나 쉬운 일이거나 관계없이 말입니다.

우리가 다룰 수 없는 사건이란 이 세상에 존재하지 않습니다. 인생의 모든 사건들은 인생의 필수품입니다. 그리고 각각의 사건들을 우리는 그저 단순하게 받아들이면 되는 것입니다.

만약 모든 상황들 하나하나가 축복을 가져온다는 사실을 내가 이해한다면, 나는 편안한 마음으로 살아갈 수 있을 것입니다.

Epilogue

그리고 그대 안에 살고 있는 사랑

다섯 개 이상의 별자리 이름을 알고 있는 사람, 연인의 생일을 알고 있는 사람, 데이지 꽃이 언제 피어나는지 알고 있는 사람, 이 책은 그런 사람들을 위한 것입니다.

여기에 밤이 밀려오고 있습니다. 호수 위에 지는 꽃잎처럼 시간이 흐르고 있습니다. 사랑하는 이와 헤어져 있을 때, 나는 빛 속에 있어도 어둠 속에 있어도 머리가 뜨겁게 달아오릅니다. 사랑하는 사람을 만들기 위하여 노력하는 일 말고는 이 세상에 다른 소중한 것은 있을 수 없습니다.

물 속의 물고기는 목이 마르지 않습니다. 우리의 주위에는 푸른 물결이 흐르는 호수가 있습니다. 그러데 우리는 여전히 목이 타고 있습니다.

세상의 바다를 건너가면서 우리는 노래를 부릅니다. 우리의 눈에는 보이지 않지만, 지금 세상에는 빛의 소나기가 내리고 있습니다. 빛의 비가 내리지 않는다면, 우리는 아무것도 볼 수가 없을 것입니다.

삶을 아름답게 가꾸기 위하여 노력하는 사람에게 사랑은 영원한 것으로 남을 수 있습니다. 우리의 가슴속에 깃들여 있는 사랑은 심지도 없이 타오르는 등불입니다. 그 등불은 영원히 타오를 것입니다.

어둠 속에서 사랑의 의미를 다시 한 번 되새기는 그대에게 이 글을 바칩니다. 손을 내밀어 나의 손이 부끄럽지 않도록 잡아주기 바랍니다.

Closing

맨 마지막 장을 목차보다 먼저 펼쳐보는 당신을 위하여

그리움, 삶이 주는 향기를 마련했습니다.

다시 시간이 흐르고

당신이 이 책의 제목조차 잊어버리게 되더라도

문득 삶에서 향기가 풍긴다는 사실을 알게 된다면

푸른색으로 바랜 기억의 집에서

이 책이 당신을 그리워하고 있다는 것을 회상하기 바랍니다.

삶의 한순간이라도

당신에게 소중한 책이 되기를 기원하면서…….

우리들의 사랑을 만드는 세 가지 느낌
그리움 떨림 깨달음

초판 1쇄 인쇄 2010. 7. 20
초판 1쇄 발행 2010. 7. 26

지은이 | 카렌 테레사
옮긴이 | 박해림
펴낸이 | 안희숙
펴낸곳 | 밀리언셀러
주소 | 서울시 마포구 합정동 427-6 2층
전화 | (010)9229-1342 팩스 | (02)336-0402
이메일 | kjh1341@naver.com
출판등록 2009년 7월 30일 제2009-12호

ISBN 978-89-963196-3-4 03870

*책값은 뒤표지에 있습니다.